Mise en pages : Petits Papiers
Correction : Claire Debout

Titre original : *Monstrous*
© 2015 by MarcyKate Connolly
First published by HarperCollins Children's Books,
a division of HarperCollins Publishers, New York, USA.

Pour l'édition française :
© 2017 éditions Milan
1, rond-point du Général-Eisenhower, 31101 Toulouse Cedex 9, France
Loi 49-956 du 16 juillet 1949 sur les publications destinées à la jeunesse
ISBN : 978-2-7459-7828-8
editionsmilan.com

MarcyKate Connolly

1. LA CRÉATURE DE BRYRE

Traduit de l'américain
par Alice Marchand

MiLAN

À mes parents,
qui ont toujours été sûrs
que j'attraperais mes rêves
si je courais après.

▪ 1ᴱᴿ JOUR

Je n'oublierai jamais la première fois que j'ai respiré. Au bord de l'asphyxie. Le cœur dans la gorge. C'était délicieux.

Quand j'ai ouvert les yeux, j'ai été assaillie par les couleurs du monde, qui couvraient tout l'espace de teintes et d'objets dont je ne connaissais pas le nom.

Trois secondes plus tard, étourdie par toutes ces perceptions sensorielles, je me suis évanouie. C'est du moins ce que m'a dit papa. Il m'a réparée, et quand je me suis réveillée la deuxième fois, le monde est devenu un endroit plus compréhensible. La chose penchée au-dessus de moi était un visage, les ronds qui s'y ouvraient étaient des yeux, les gouttes de liquide tiède qui s'en échappaient étaient des larmes.

Et le pli qui s'est étiré dans le bas de ce visage pendant que je le regardais, c'était un sourire.

– Tu es vivante, a dit papa.

Des heures plus tard, il le marmonne encore.

▪ 2ᴱ JOUR

J e m'adosse contre le saule et je déplie mes bras pour les examiner dans la lumière déclinante du soleil. Les fines lignes rouges qui marquaient les différentes parties de mon corps ont pratiquement disparu ; il ne me reste que les nombreuses teintes de ma peau et les minuscules boulons en métal qui attachent ma queue à ma colonne vertébrale, mes ailes à mon dos et mon cou à mes épaules, ainsi qu'une douleur sourde.

Papa, dont les cheveux argentés volettent dans la brise d'été, pose des rondins et d'étranges tuyaux métalliques dans le pré. Ça va servir à mon entraînement. Il ne m'a pas dit pour quoi je me prépare, seulement qu'il me l'expliquera quand je serai prête. S'apercevant que je l'observe, il me fait signe.

Je suis sûre que je serai bientôt prête. Papa est ébloui par mes progrès. Hier, j'ai su marcher en moins d'une heure et courir en deux heures, et maintenant, j'arrive même à sauter avec aisance de la plus basse des branches du saule.

Papa dit que son plus gros exploit, c'est mon élocution. Il a réussi à préserver cette partie de mon cerveau, alors je parle exactement comme quand j'étais humaine.

Avant.

Mon seul regret, c'est qu'il n'a pas pu transférer mes souvenirs. Je ne sais rien de celle que j'étais. Ni de ma mère. Même mes souvenirs de papa sont inaccessibles.

Mais je n'ai pas besoin de ça pour savoir à quel point je suis précieuse pour lui. Chaque fois qu'il me regarde, il prend un air émerveillé, comme si j'étais une espèce de miracle.

Il faut croire que c'est le cas.

Je suis fascinée par le labyrinthe de couleurs de mes bras, de mes jambes et de mon torse parce que mon visage, plus uniforme, a juste une teinte de porcelaine. Papa dit qu'il faut que je paraisse le plus humaine possible de loin, mais que personne ne verra mes bras ou mes jambes sous ma cape. Quand je me lasse d'étudier mes bras, je glisse mes longues boucles noires derrière mes oreilles et je replie ma queue verte vers moi pour mieux la voir. Elle est terminée par une pointe à trois branches. Un aiguillon, papa a appelé ça. Il a dit que je devais faire attention de ne pas remuer la queue trop fort, sinon je risque de me piquer ou de le piquer, lui.

Je passe un doigt sur les écailles irisées qui entourent les piquants bruns et durs. Je les aime bien, mes écailles. Elles sont ravissantes dans les derniers rayons de jour. Curieuse de savoir à quoi sert l'aiguillon, je le tapote tout doucement...

▪ 4ᴱ JOUR

J e suis assise devant la cheminée de notre petite maison rouge et je bombarde papa de questions en jouant avec le bout de ma queue. Il évite de répondre, tout comme mes doigts évitent le bout piquant. Je suis beaucoup plus prudente, maintenant. Le venin endort les gens. La dernière fois, je me suis piqué le doigt et j'ai dormi jusqu'au lendemain midi !

J'ai retenu la leçon.

— Pourquoi tu n'as pas de queue, toi, papa ? je demande.

Il me donne la réponse qu'il réserve à toutes mes questions de cet ordre-là.

— Je ne suis pas spécial comme toi, Louna. La plupart des gens ne le sont pas. Toi, tu sers un objectif. Tes attributs vont t'aider.

— Comment ?

Je regarde l'aiguillon en fronçant les sourcils, puis je remue la queue. Les écailles scintillent dans la lueur du feu.

— Je te le dirai quand tu seras prête.

Frustrée, je sens mon visage s'échauffer, mais quand il me caresse la joue, je me presse contre sa main pour profiter de ce geste affectueux. Je commence à m'attacher à cet endroit, avec ses murs en bois usés, ses grandes haies et sa roseraie. Même la tour, à côté de la maison, me fait l'effet d'une vieille amie.

Et surtout, je ne peux pas m'empêcher de scruter papa – l'homme qui m'a fabriquée – pour mémoriser chaque trait de son visage. Qui est presque aussi usé que les murs, mais dégage une bonté, une chaleur que même le feu ne peut égaler.

Pippa, une chienne marron avec des ailes de moineau, s'arrête en jappant près du fauteuil moelleux de papa. Il dit que c'est un moirrier.

Moi, je dis qu'elle est appétissante.

Mais je suis censée me faire passer pour un être humain, et les êtres humains ne mangent pas de moirriers, ni de terriers, ni aucun de leurs animaux domestiques.

Pippa reste à bonne distance de moi. Elle ne s'aventure dans la même pièce que lorsque papa est là. Irritée, je remue la queue. J'ai faim.

Boum!

Un ouvrage est tombé de l'étagère derrière moi. Papa soupire. C'est un livre qu'il m'a donné le premier jour de ma vie. Les bords de la couverture sont abîmés, mais les mots sont merveilleux, pleins de magie, de vie, de mystère. Papa dit que ce sont des contes de fées. Ils sont censés composer une partie de mon éducation. Je me lève pour ramasser le livre – en faisant plus attention, cette fois. Je ne contrôle pas encore toutes les parties de mon corps et ça inquiète papa. Je remets le volume dans l'étagère en essuyant mes mains poussiéreuses sur ma robe.

Je ne veux pas que papa s'inquiète. Il a tenté cinq fois de me réanimer avant d'y arriver.

Je ne lui ai pas encore demandé ce que sont devenus mes autres corps. Pour le moment, il me suffit de savoir que je suis vivante et solide, quoique peut-être un peu trop maladroite à mon goût.

Il m'a créée dans un but bien précis – un but noble, assure-t-il – avec une queue de serpent, des ailes de corbeau géant, des griffes et des yeux de chat. Pour son plus grand désarroi, je n'arrive pas encore à voler non plus. Mais je ne suis pas mauvaise pour faire tomber les choses des étagères.

Papa a souffert pour moi. J'espère pouvoir me montrer à la hauteur de ses attentes.

– Viens t'asseoir, Louna. Tu rends Pippa nerveuse quand tu fais les cent pas.

Il tapote le fauteuil en face du sien. Pippa se tortille dans ses bras comme si elle cherchait de nouveau à s'enfuir.

Je montre les dents et je crachote en m'asseyant d'une manière que j'espère féminine et élégante. Pippa saute sur une poutre. Je pouffe de rire.

– Tu ne devrais pas te moquer d'elle. Tu ne trouveras pas d'autres hybrides ailleurs qu'ici. Pippa est un peu comme toi.

Elle gémit comme si elle avait compris chaque mot. Je lève les yeux au ciel.

– Je vaux mieux qu'un chiot avec des ailes. Tu as fait du beau travail avec moi.

Face à son sourire, je m'enhardis.

– Pourquoi m'as-tu créée ?

Son regard se radoucit.

– Lou, tu es ma fille.

– Oui, mais qu'est-ce qui t'a poussé à essayer et réessayer encore et encore ? Si tu ne peux pas me dire à quoi je dois servir, dis-moi au moins ça.

Je cligne des paupières, remplaçant mes yeux de chat jaunes par mes iris bleus d'être humain. Papa me donne plus volontiers ce que je lui demande quand je mets ceux-là.

Il soupire. Ça marche.

– La plupart des parties humaines de ton corps viennent de ma fille. Il y a un an, un sorcier t'a enlevée. Ta mère a essayé de l'en empêcher, et le sorcier l'a assassinée lors de la bagarre qui a suivi. Il a disparu et c'est seulement plus tard, une fois qu'il en a eu fini avec toi, que j'ai retrouvé ton cadavre. Après ça, te ramener à la vie est devenu mon seul but dans l'existence.

Il se tasse au fond de son fauteuil. Dans la cheminée, les flammes se réduisent à des braises. La fureur me prend. Mes iris de chat se remettent en place, et les griffes rétractées dans mes doigts brûlent de sortir.

– Quel genre de personne assassinerait l'enfant d'un homme bon ?

Cette question fait de la peine à papa, mais je ne regrette pas de l'avoir posée.

– Les sorciers sont avides de pouvoir par nature, mais celui-ci était également fou de chagrin. Peu avant, il avait perdu sa propre fille des suites d'une maladie. Il est si jaloux qu'il vole toutes les autres filles qui croisent son chemin et les tue. Je pense qu'il cherche à pratiquer une forme de magie noire pour faire revenir l'enfant qu'il a perdue.

– Mais comment ?

– Les humains n'ont peut-être pas de pouvoirs magiques, mais le sang des jeunes est un ingrédient puissant pour les sortilèges de magie noire. D'après ce que j'ai entendu dire, sa magie est devenue encore plus maléfique depuis qu'il a

perdu son enfant, et il a besoin de se fournir pour ses sortilèges par des sacrifices réguliers.

– Et moi, j'ai été l'une des filles sacrifiées.

Papa baisse la tête.

– ... Ensuite, tu m'as sauvée.

Les émotions qui montent dans ma poitrine me dé-
routent. Il y a de la fierté et de l'amour pour mon père, du
chagrin pour ma mère et aussi une haine brûlante, une
haine pure pour l'homme qui a détruit tout ce que j'ai dû
aimer autrefois.

– C'était une tâche difficile et je n'ai pas pu te ramener
exactement telle que tu étais. Tes souvenirs, je n'ai pas pu
les sauver.

Il soupire une fois de plus.

– À chaque tentative, j'ai perdu un peu plus de ton corps
d'origine. J'ai tout de même réussi à préserver le siège de la
parole dans ton cerveau : les mots te reviendront au gré de
tes besoins. Et, plus important encore, je t'ai rendue plus
forte à chaque fois. Il a juste fallu que je trouve la bonne
combinaison d'organes.

Il passe un doigt sur mon menton.

– Quand tu étais humaine, je disais toujours que tu étais
mon chef-d'œuvre. Désormais, tu l'es vraiment.

Son expression est constamment voilée d'une note de
douleur. Je lui rappelle sa femme. Ma mère. Je voudrais
tant me souvenir d'elle. Je voudrais tant me souvenir de
moi.

Et surtout, je voudrais tant arracher avec mes griffes le
cœur du sorcier qui a fait ça à ma famille.

C'est un monstre.

▪ 7ᴱ JOUR

– **R**ecommence, Louna.

Avec un grognement, je saute à nouveau dans le terrain d'entraînement que papa a aménagé pour moi. D'un bond, je franchis les obstacles – des rangées de barres d'une hauteur croissante –, puis je déploie mes ailes et je fonce dans le labyrinthe de haies qui entoure notre maison. Papa dit que c'est pour nous protéger contre le sorcier. On ne voudrait pas que sa magie et lui puissent nous atteindre. Pour les voyageurs qui passent par là, la haie et notre maison, dissimulées par une épaisse pinède, sont à peine visibles.

Mais pas pour moi. Maintenant que je sais bien voler, j'ai appris les itinéraires secrets pour entrer et sortir. Quand je suis en l'air, mon regard embrasse tout, de la ville de Bryre qui s'étire à l'horizon, côté est, jusqu'aux montagnes vertes qui se dressent à l'ouest. Une rivière bleu ciel serpente à travers la forêt. Des points d'un bleu plus sombre émaillent l'horizon lointain, au nord, entre les vastes parcelles de forêt qui menacent de tout engloutir. Ce paysage et cette ville ont quelque chose de spécial, qui gonfle mon cœur de joie chaque fois que je les vois d'en haut.

Ils me sont précieux – ou du moins ils l'étaient pour la fille que j'étais avant. Le fantôme de ce souvenir me hante.

J'atterris en courant et je ferme les yeux. Mes autres sens me guident à travers le labyrinthe. Je le connais par cœur à présent. L'odeur rafraîchissante des pins de la forêt m'emplit les narines, mais je marche vers l'arôme salé du ragoût de papa qui cuit dans la cheminée. Mon ventre gargouille. J'accélère.

Si cette séance d'entraînement ne se termine pas très vite, je jure que je vais manger Pippa. Je n'en ferai qu'une bouchée. Et tant pis pour les conséquences.

Je fonce jusqu'aux pieds de papa, qui me fait un sourire radieux, et je m'arrête net.

– Parfait, dit-il en me caressant les cheveux. Tu n'avais encore jamais été aussi rapide. Tu vas bien t'en sortir, mon enfant.

Mon ventre gargouille à nouveau.

– On peut manger, papa ?

Ses yeux pétillent.

– Bientôt. Il te reste une dernière tâche.

Je ravale un grognement. Si je travaille bien, papa sera fier de moi. Et peut-être que ce soir, il me dira enfin quel est mon objectif. Je me force à sourire.

– Maintenant, il faut que tu t'entraînes à chasser. Tu auras besoin de faire preuve de discrétion et de ruse pour remplir ta mission. La chasse sera un excellent exercice.

– La chasse, je répète.

À ce mot, qui ravive un besoin primaire au fond de moi, tous mes instincts se mettent en éveil.

– Va dans la forêt et rapporte-moi un lapin. On le mettra dans notre ragoût.

La mention de notre dîner me donne l'eau à la bouche.

Mes yeux de chat en place, je hume l'air en survolant les haies et les champs avant de me poser dans la forêt proprement dite. Je suis accueillie par des odeurs de pin, d'humus, de gibier et de peur.

Pour mon tout premier dîner, papa a rapporté un lapin à la maison, et je me souviens encore de son parfum. Je me rappelle aussi que la viande était tendre et savoureuse. Raison de plus pour m'exécuter rapidement.

Ce n'est pas facile de voler dans la forêt. Les arbres sont rapprochés et les branches accrochent tout sur leur passage. Alors je trottine sur le sol couvert de feuilles, en espérant trouver un lapin et retourner auprès de papa avant la nuit. La faim me tenaille l'estomac.

Je flaire toutes sortes de bestioles dans les broussailles et les arbres, mais elles s'enfuient à mon approche. Je comprends trop tard que c'est mon empressement qui leur fait peur.

Je n'attraperai jamais de lapin si je continue comme ça.

Je ralentis et je décolle pour voleter parmi les arbres. Je suis obligée de voler lentement, mais ça m'évite de poser les pieds au sol. Les animaux ne m'entendront pas arriver. Est-ce là ce que papa voulait dire quand il parlait de « discrétion » ?

Soudain, l'odeur tiède d'un lapin apeuré envahit mes sens. Je repère enfin la petite bête, qui bondit dans les feuilles bruissantes.

Je la tiens.

Mes instincts de prédateur m'indiquent la marche à suivre. Je me rapproche de plus en plus, à tire-d'aile. Le lapin se recroqueville dans un creux, au pied d'un arbre, aplatissant son corps au sol dans un effort pour se fondre avec le décor. J'entends son cœur qui bat contre la terre humide.

Je bondis, et mes dents déchirent la chair tendre de son cou. Une part infime de mon cerveau éprouve du dégoût, mais j'ai beaucoup de mal à me retenir de dévorer le lapin tout cru ici même, dans la forêt. Je dois le rapporter à papa.

Du sang chaud dégouline sur mon menton et tache le col de ma robe vert pâle. J'essaie de l'essuyer avec ma manche, mais je n'arrive qu'à la salir aussi. Qu'est-ce que papa va dire, maintenant que j'ai fichu ma robe en l'air?

J'avale la bouchée que j'ai arrachée et je recrache les poils. Il n'y a plus cette lueur de vie dans les petits yeux de l'animal. Un curieux mélange de faim et de révulsion me noue l'estomac. Je l'ai tué parce que je voulais le manger, mais je ne suis plus certaine d'avoir bien fait. Paniquée, je me redresse précipitamment. Papa voulait-il que je le tue, ce lapin, ou bien est-ce que j'ai eu tort? Je ne pensais qu'à la faim. Je n'ai pas réfléchi.

Je fixe la bête ensanglantée qui gît entre mes mains, inerte. On ne peut plus rien faire pour elle désormais. Je dois rentrer.

Je reviens à pied par la forêt, plus lentement qu'à l'aller. Je redoute ce que papa va penser quand il verra que j'ai tué cet animal. Mais comment pourrions-nous le manger, sinon? Il devait vouloir que je le fasse.

Je frissonne. En quoi tuer un lapin peut-il bien me préparer pour la mission que papa a prévu de me confier?

Je suis perdue dans mes pensées quand j'atteins le coin de la forêt où se trouve notre haie. Je me prépare, puis je m'élance dans les airs. Papa est devant la maison, en train de parler à un inconnu. Comment cet individu a-t-il fait pour franchir le labyrinthe ? Papa n'a jamais mentionné d'amis humains.

Le chapeau à large bord de l'étranger est enfoncé devant ses yeux. Je me pose sur le sol et je cours vers eux.

– Papa ! dis-je en brandissant mon lapin et en priant pour avoir fait ce qu'il fallait. Je l'ai !

L'étranger pousse un cri. En une seconde, l'expression de papa passe de la surprise au dégoût puis à la fureur.

– File dans la maison ! Tout de suite !

Mon sourire disparaît. Je me réfugie à l'intérieur et je me jette par terre devant le feu. Les larmes ruissellent sur mes joues, rinçant en partie le sang de lapin.

J'ai fait le mauvais choix. Je n'aurais pas dû tuer cet animal. Je me traîne vers la fenêtre et j'observe papa pendant qu'il parle avec l'autre homme.

L'étranger agite les bras, son visage bronzé déformé par des expressions que je n'arrive pas à déchiffrer. Papa vocifère à son tour.

Oh, j'ai fait quelque chose de très mal ! Désespérée, je me recroqueville près de la fenêtre, fascinée par la scène qui se déroule dans la cour, prête à bondir. Je voudrais tant pouvoir m'enfuir, mais je n'ai nulle part où me cacher.

L'étranger se prépare à s'en aller, mais papa lui prend le bras. Quoique beaucoup plus costaud que lui, l'autre s'apaise à son contact. Papa lui parle si doucement que je n'entends pas ce qu'il dit mais, quand il relâche son bras, l'homme a changé d'attitude.

Désormais, il est parfaitement content d'être là, dans notre cour, et de discuter avec papa. Il va jusqu'à rire avant de prendre congé.

Je retourne vite vers mon fauteuil devant le feu. Je ne pensais plus à notre dîner, jusqu'à maintenant. Le lapin est posé sur les briques, près de la cheminée, attendant d'être dépecé. J'espère que ça ne fait pas partie de mon entraînement, ça.

Quand papa entre dans la maison, je suis soulagée de voir qu'il n'a plus son air furibond de tout à l'heure. Il a retrouvé son expression habituelle, douce et bienveillante. Je lui souris timidement quand il s'approche.

– Tu vas devoir être plus prudente, chérie. Il ne faut surtout pas que quelqu'un te voie. Pas sans ta cape.

– Pourquoi ?

– Les humains sont différents de toi. Ce que tu es leur ferait peur. Et quand ils ont peur, ils attaquent comme un chien acculé. Je ne permettrai pas qu'on te fasse du mal.

– Cet homme avait peur de moi ?

Papa glousse.

– Oui, très. La plupart des humains ne réagiraient pas bien face à une fille ailée avec du sang qui lui dégouline du menton.

Il me tapote la tête et ramasse le lapin.

– Excellent travail. Mais la prochaine fois, essaie de rapporter un lapin entier, et pas à moitié mangé.

Je rougis.

– Va te débarbouiller pendant que je finis de préparer le dîner.

En me dirigeant vers la salle de bains, je jette un coup d'œil derrière moi.

– Ce soir, tu me diras quelle est ma mission, papa ?

Il secoue la tête.

– Non. Mais tu es presque prête. Demain.

Je n'arrive pas à réprimer la moue boudeuse qui se forme sur mes lèvres. J'ai donc bien déçu papa. C'est certain. Sinon, il m'aurait dit dès ce soir ce que je veux savoir.

▪ 8ᴱ JOUR

Je suis dans le jardin, au milieu des rosiers que papa a planté. Je les arrose et je leur parle à voix basse tous les jours. Il y a des fleurs jaunes, des roses et des blanches, mais ma préférence va à celles qui sont d'un rouge sombre. C'est avec elles que je m'entraîne le plus à parler, et je pense que c'est à cause de ça qu'elles sont plus grosses. Tout le monde a besoin de quelqu'un à qui parler. J'ai papa, mais les roses n'ont que moi.

La porte de la maison s'ouvre en grinçant et je souris à papa. Ça me rend toujours heureuse de contempler mes roses. Je ne suis pas mécontente que ce soit mon dernier jour d'entraînement, aujourd'hui.

Ce soir, je vais enfin comprendre quel objectif je dois servir. À cette idée, je flotte sur un petit nuage.

Papa me tend ma cape.

– À partir de maintenant, mon enfant, tu devras veiller à toujours porter ça quand tu quitteras la sécurité de notre maison.

Il la jette sur mes épaules et l'attache à mon cou. Elle s'accroche à un des boulons, mais papa la dégage.

– Pour éviter que les humains voient les parties de mon corps qui leur feraient peur?

– Oui.

– C'est mes ailes ou le sang, ce qui a effrayé ton ami ?

Papa s'esclaffe.

– Les deux, j'imagine.

– Je suis désolée. Je ne savais pas qu'il serait là.

Papa me tapote l'épaule.

– Moi non plus. Il ne passera plus à l'improviste. Tu n'as pas besoin de t'inquiéter.

– Ah, tant mieux.

Je sautille vers la haie.

– Qu'est-ce qu'on va faire comme exercice aujourd'hui ?

Chaque journée a été marquée par des tâches différentes. Au début, un parcours d'obstacles pour tester ma coordination. Puis ma rapidité et mon efficacité. Ensuite, la chasse. Je n'ai pas encore décidé si j'aimais ça, la chasse. Même si je suis bien certaine d'aimer le lapin.

– Aujourd'hui, nous allons voir comment tu te débrouilles pour te fondre dans le paysage et rester discrète.

– Mais j'ai déjà travaillé sur la discrétion hier, dis-je alors qu'on s'engouffre dans le trou de la haie.

– C'était avec des lapins. Aujourd'hui, nous allons voir comment tu t'en sors avec des humains.

Il me prend par les épaules.

– Les humains ont peur de ce qu'ils ne comprennent pas. Et toi, ils ne te comprendront pas. S'ils voient ta queue ou tes ailes, ils auront peur, alors tu dois veiller à bien les dissimuler.

Il ajuste ma cape. Je me redresse.

– Garde tes ailes repliées contre ton dos, comme une seconde peau. Range ta queue sous ta jupe et ne la laisse s'échapper sous aucun prétexte.

J'enroule ma queue autour de ma cuisse.

– Comme ça ?

Il me tient à bout de bras pour m'inspecter.

– Parfait. Tu apprends vite, ma chérie.

Il se tourne de nouveau vers le sentier, mais je reste immobile.

– Et si quelqu'un remarque quand même mes ailes ou ma queue ? Qu'est-ce que je dois faire ?

Il revient près de moi en deux pas et m'empoigne durement par les épaules.

– Tu feras ce que t'ordonne ton instinct, et puis tu t'enfuiras. Tu voleras droit jusqu'ici avant qu'ils puissent te suivre. Compris ?

Je distingue dans les yeux de papa une expression que je n'y avais jamais vue avant. Farouche. Déterminée. Et pourtant, il y a là quelque chose qui me fait penser au lapin que j'ai attrapé hier. Je ne peux pas m'empêcher de me demander pourquoi.

– Compris.

Il me lâche et on se remet à marcher sur le sentier.

– C'est bien. Je savais que tu comprendrais.

– Qu'est-ce qu'il m'ordonnerait, mon instinct, dans ce genre de situation ?

Ça me fait peur de poser cette question. Je suis perturbée par ce que, d'instinct, j'ai fait à ce lapin.

– Inutile de t'inquiéter. Il prendra le relais.

– C'est bien ça qui m'inquiète.

– Tu n'es pas un vulgaire être humain. Tu as aussi des organes d'animaux et ces organes savent quoi faire. Ta queue à aiguillon neutralisera la moindre menace et tes ailes t'aideront à t'échapper.

Il ébouriffe mes cheveux noirs.

– Tu es l'invention idéale. Je le sais, c'est moi qui t'ai faite.

L'explication de papa paraît simple. Mon instinct ne devrait pas être difficile à maîtriser.

Quand on arrive dans la forêt, papa me vérifie une fois de plus, puis m'entraîne dans une nouvelle direction, que nous n'avions encore jamais suivie lors de nos promenades.

– Où allons-nous ? je demande.

– Sur la route. Nous avons besoin de voir si tu arrives à rester bien cachée quand tu es parfaitement visible pour les voyageurs.

– Est-ce que je devrai beaucoup me cacher dans les jours à venir ?

J'espère obtenir un indice à propos de mon objectif.

– Oui. Malheureusement.

– Est-ce qu'un jour je pourrai évoluer librement parmi les humains ?

J'ai laissé échapper ces mots sans réfléchir. Au moment où je les prononce, mon cœur se met à bondir dans ma poitrine. Ce doit être le souhait de la fille humaine que j'ai été autrefois. Certainement pas le mien. Papa et mes roses suffisent à mon bonheur.

– Je ne sais pas, Louna, mais ce n'est pas le moment de t'en soucier. Nous avons des préoccupations plus urgentes.

Il désigne un homme à bord d'une charrette tirée par un petit cheval.

– ... Ta nouvelle séance d'entraînement a commencé.

Une bouffée de chaleur monte dans mon dos et descend jusqu'à l'aiguillon au bout de ma queue. Je vais réussir cette épreuve, quelle qu'elle soit, et papa sera fier de moi.

– Qu'est-ce que je dois faire ?

Il sourit.

– Croise-le sans attirer son attention.

La distance qui nous sépare de l'homme se réduit à chaque pas. Je me concentre pour garder ma queue à l'abri et mes ailes aussi plates que possible. Je retiens mon souffle jusqu'à en avoir le vertige. L'homme tourne la tête vers nous, puis reporte son attention sur la route et son cheval.

J'ai réussi ! Je voudrais sauter de joie, mais je me contiens de peur d'effrayer l'homme qu'on vient de croiser. Intérieurement, je bouillonne d'excitation.

– Bien joué, ma grande, dit papa. Maintenant, continue à marcher jusqu'au bout de cette route.

– On va en croiser combien d'autres ?

Je le regarde en plissant les yeux dans la lumière du soleil. Je n'étais jamais sortie à découvert de cette façon. J'ai l'impression que le soleil accède directement à ma peau, même à travers ma cape étouffante.

– Autant qu'il faudra pour arriver devant les portes de Bryre, puis revenir.

On croise plusieurs autres hommes avec des chevaux et des charrettes sur cette route dégagée et poussiéreuse, ainsi qu'une poignée de femmes et d'enfants. Ils se présentent dans toute une variété de formes, de tailles et de couleurs, mais aucun d'entre eux n'a autant de couleurs et de formes différentes que moi. Aucun d'entre eux n'a de queue. Pas d'ailes en vue non plus, à part celles des oiseaux qui tournoient au-dessus de nos têtes. Pas d'yeux de chat qui voient dans le noir, pas de cuirasse écailleuse ni de griffes.

Je suis très différente de ces gens.

Par bien des aspects, et pas seulement par mon apparence. C'est peut-être leur façon de bouger qui nous distingue. Leurs épaules sont plus voûtées et plus osseuses. Leur peau est plus sale. Leurs yeux sont moins brillants que les nôtres, à papa et à moi.

Je m'immobilise au milieu de la route quand j'identifie leur expression. Ils sont déprimés. Accablés.

– Pourquoi ces gens sont malheureux? je demande à papa.

– C'est à cause du sorcier. Il détruit leurs récoltes et leur vole leurs enfants. Les gens sont désespérés. Ils ont besoin que quelqu'un leur vienne en aide.

Il me prend le menton entre le pouce et l'index.

– Ils ont besoin de toi. Dans ta première vie, en ville, tes amis et tes voisins t'étaient précieux. Tu étais connue pour ta nature bienveillante. Ne l'oublie pas. Même s'ils te craignent, t'insultent ou t'attaquent.

– Je ne l'oublierai pas. Jamais.

C'est vrai. La remarque de papa a rallumé la flamme d'un souvenir lointain. Je ne me rappelle aucun nom ni aucun visage, mais cette émotion, ce désir de faire ce qui vaudra le mieux pour Bryre reste en moi. Je veux aider ces gens. Je veux qu'ils sourient sous le soleil qui brille et qu'ils aient toutes les roses dont ils ont besoin pour être heureux. C'est la première allusion de papa à mon objectif.

S'il s'agit de les aider, je le ferai avec joie.

Alors qu'on s'approche d'un tournant, papa ralentit le pas.

– Il est temps de voir comment tu te débrouilles une fois seule, dit-il en m'entraînant vers un petit bosquet d'arbres, près du virage. Je vais me reposer un moment à l'ombre, dans le bois. Toi, ma chérie, tu attendras à quelques pas du virage. Quand tu entendras un voyageur arriver, engage-toi dans le tournant juste à temps pour le croiser.

Ne comprenant pas très bien son but, je fronce les sourcils.

– Mais ils ne me verront pas avant d'être pile devant moi. Cette petite portion de route est cachée par les arbres.

– Exactement. Ils seront surpris. Tu devras rester vigilante et ne pas leur montrer ce que tu es.

Je suis toujours perplexe, mais je fais ce qu'il me demande : je gagne le point le plus éloigné du virage, où les arbres me cachent aux gens qui approchent. Je ferme les yeux et j'écoute, laissant mon instinct animal prendre le relais.

Un faucon vole au-dessus de moi, brassant l'air avec ses ailes. Le soleil cogne sur mon visage, et je regrette de ne pas pouvoir enlever ma cape. Mais papa a été clair sur ce point. Derrière moi, le bruit de la dernière charrette tirée par un cheval s'estompe. La brise s'engouffre au coin de la route et glisse sur moi. Je sens des parfums de cannelle et de musc. L'un vient d'un homme et l'autre, à mon avis, d'une femme. Des pas inégaux s'approchent. Je m'avance sans bruit et quelques secondes plus tard, une jeune femme surgit précipitamment dans le virage, les yeux baissés, les mains crispées sur sa cape pour la tenir bien fermée, sans m'accorder un seul regard.

Je fronce les sourcils. Ses mouvements me rappellent ceux du lapin. Vifs et paniqués. J'ai un pressentiment. Cette femme a peur. Il faut que je sache ce qui l'a effrayée. Ignorant les instructions de papa, je continue à marcher pour passer de l'autre côté du virage. Je reviendrai une fois que j'aurai déterminé la cause de sa frayeur.

Je ne vois qu'un jeune homme. Il n'a pas l'air inquiétant. Je m'arrête pour vérifier qu'il n'y a personne d'autre en vue.

Quand je me tourne de nouveau vers lui, le jeune homme sourit. Son rictus a quelque chose qui me glace. C'est peut-être cette lueur étrange dans ses yeux. Ou la façon dont il vient vers moi. Sa démarche paraît nonchalante, mais elle est plus rapide que je ne le pensais et le voilà planté devant moi avant que j'aie eu le temps d'expirer deux fois. De décider quoi faire.

J'aurais dû me dépêcher de retourner auprès de papa. Où est-il? Pourquoi me laisse-t-il affronter seule cet homme déstabilisant? Comment cela pourra-t-il m'aider à sauver les gens malheureux?

– Bonjour, mademoiselle, dit l'homme.

Son haleine a une odeur amère et bizarre.

– Il fait bien trop chaud pour qu'une fille aussi jolie reste enveloppée dans une cape pareille.

Son sourire déplaisant s'élargit et mon cœur se met à battre la chamade. Je ne veux pas être près de cet homme.

– Et si tu l'enlevais?

Je secoue la tête.

– Je dois y aller.

Je me dirige vers les arbres, mais il me saisit par le poignet et me fait pivoter.

Je mets cinq longues secondes à m'apercevoir que ma queue s'est déroulée pour piquer l'homme en pleine poitrine. Il est désormais étalé par terre et son sourire s'est effacé. Mes mains tremblent si fort que j'ai du mal à rétracter mes griffes. Quand sont-elles sorties?

Des pas se font entendre derrière moi. Je fais volte-face en feulant et je m'accroupis.

C'est papa. Je me redresse et mon pouls retrouve son rythme normal.

– Je ne voulais pas le piquer. C'est arrivé malgré moi... Je ne sais même pas trop comment.

Je considère mes mains avec étonnement.

Papa me serre dans ses bras et je sens son odeur de miel. Mon cœur se serre.

– J'ai raté mon test ?

Papa m'éloigne de lui et prend mon visage entre ses mains.

– Tu as été parfaite.

Effarée, je scrute l'homme immobile par terre.

– Ah bon ?

– Oui, mon enfant. Cet homme représentait une menace et tu l'as éliminée.

Il le regarde.

– Assez efficacement, pourrais-je ajouter.

– Comment est-ce que j'ai su qu'il fallait faire ça ?

– C'est ça, l'instinct, ma chérie.

L'instinct est une drôle de chose. Je suis sûre que je connaîtrai bientôt le mien intimement, mais je ne sais pas trop si j'apprécie que mon corps réagisse sans mon accord. Cet homme ne me regarde plus de cette manière désagréable, mais je suis désolée pour lui. Il n'imaginait pas de quoi je suis capable. Il ne m'aurait pas abordée s'il l'avait su.

Je suppose que c'est ça, la discrétion. S'approcher de quelque chose sans être remarquée, mais aussi se cacher alors qu'on est parfaitement visible, comme je l'ai fait aujourd'hui.

Je commence à avoir mal à la tête.

– Viens, aide-moi à le tirer vers le bas-côté.

J'incline la tête.

– Pourquoi?

Papa fait la grimace.

– Comme ça, si un autre voyageur passe sur cette route avant qu'il se réveille, il pensera juste que c'est un imbécile d'ivrogne. Pour le moment, personne ne doit savoir de quoi tu es capable.

Je prends les jambes, papa prend les bras et on traîne le corps inerte à l'ombre des arbres. Le sol gronde sous mes pieds. Dès que j'ai posé l'homme, je retourne sur la route.

Deux chevaux noirs arrivent au triple galop, et leurs lourds sabots soulèvent des nuages de poussière. Derrière eux, un homme perché sur une carriole peine à garder les rênes en main. Les guides claquent et les chevaux accélèrent encore l'allure. La stupeur me fige sur place, bouche bée, tandis qu'ils foncent vers moi.

– Lou! hurle papa en me tirant à l'écart.

Mon cœur palpite dans ma poitrine pendant que les énormes bêtes nous dépassent à une vitesse folle. Ma cape continue de voleter après leur passage. Papa me serre contre lui jusqu'à ce que je cesse de trembler.

– La prochaine fois, chuchote-t-il, si quelque chose d'aussi gros fonce vers toi, il faudra te sauver. Promets-le-moi.

– Oui, je me sauverai, dis-je, troublée. Est-ce que mon instinct aurait dû m'ordonner de le faire? Pourquoi m'a-t-il laissée en plan?

Je me sentais pétrifiée, incapable du moindre mouvement.

– Parfois, quand on est pris au dépourvu, ça peut étouffer notre instinct naturel. Voilà pourquoi tu dois toujours faire attention de surveiller les alentours, ma chérie. Ne baisse jamais la garde un seul instant.

– Promis.

Je suis sincère. Il faut aborder avec la plus grande prudence ce monde étrange qui est à l'extérieur de chez nous, et je suis décidée à faire ça bien.

Des cris étouffés me parviennent aux oreilles et je m'écarte de papa. La carriole s'est retournée, mais le cocher est invisible. Sans me laisser le temps de dire un mot, papa y court en grommelant entre ses dents. J'ai toujours les jambes tremblantes, mais je le suis en titubant. Ce pauvre homme doit être coincé sous la carriole. Il a besoin de notre assistance.

Papa le rejoint avant moi et s'efforce de soulever la carriole. Je prends les bords de la structure en bois et, ensemble, on la remet d'aplomb. Elle ne me semble pas lourde, mais papa, épuisé, en reste pantelant.

L'homme piégé en dessous laisse échapper un soupir de soulagement quand le soleil l'éclaire de nouveau.

– Merci, merci, dit-il à papa qui l'aide à se remettre debout.

– Vos chevaux ont filé vers les montagnes. J'imagine que vous allez avoir besoin de quelques hommes de plus pour les récupérer.

– Oui, bien sûr.

L'homme paraît sérieusement étourdi. Il remercie encore papa, puis retourne en boitant vers les portes de la ville, un bras serré contre lui.

Ma poitrine se gonfle d'orgueil. Papa a sauvé cet homme, comme je vais devoir sauver le reste des malheureux habitants de Bryre.

On repart sur la route en direction de notre forêt, bras dessus bras dessous.

– Tu penses qu'il va réussir à rattraper ses chevaux?

Papa s'esclaffe.

– Au bout d'un moment, oui.

– J'ai bien travaillé aujourd'hui, alors?

– Oh oui. Tu as dépassé toutes mes attentes.

Je me sens plus légère, tout à coup. Papa est content de moi. Il n'y a pas de sentiment plus agréable au monde, si?

– Tu vas me dire mon objectif, ce soir?

Il me presse le bras et me tapote la main.

– Oui, ma chérie. Ce soir, tu apprendras pourquoi je t'ai créée.

Je lui fais un sourire si radieux que je sens le soleil sur mes dents.

Je suis enfin prête.

Une fois que nous avons mangé notre ragoût et lavé la vaisselle, papa me fait asseoir près du feu. Le moirrier, couché à ses pieds, guette chacun de mes mouvements. Je pense que Pippa ne dort jamais que d'un œil, de peur que je la dévore.

J'aime bien la taquiner, mais elle n'est plus en danger avec moi. Elle serait trop filandreuse à mon goût.

Jusqu'à présent, papa et moi avons lu des contes de fées ensemble devant la cheminée tous les soirs. Mais aujourd'hui, je ne prends pas le volume usé sur l'étagère. Aujourd'hui, j'ai autre chose en tête. Ma mission, mon objectif.

Je m'assieds en tailleur aux pieds de papa, près de l'âtre. J'ai du mal à empêcher ma queue de remuer. Papa me contemple avec adoration. Il est aussi impatient que moi de me voir commencer mon travail.

– Bien, Louna, tu te souviens de ce que je t'ai dit à propos du sorcier ?

– Il a tué maman et moi. Il tue les filles des autres.

Papa acquiesce.

– Grâce à sa magie, il a affligé Bryre d'une terrible maladie qui s'aggrave et se transmet comme une infection. Elle ne touche que les jeunes filles. Les adultes et les jeunes garçons en sont simplement porteurs sans le savoir. Il a suffi au sorcier de jeter un sort à un voyageur innocent qui arrivait en ville pour envoyer la maladie faire des ravages dans son sillage. Les Bryrois ont été obligés de mettre les personnes contaminées en quarantaine.

– Et moi ? je demande. Je pourrais l'attraper, cette maladie ?

– Non, dit papa en souriant. J'ai été rusé avec toi. Tu n'es pas juste une jeune fille. Tu es aussi oiseau, serpent et chat. Le sortilège ne peut pas t'atteindre.

Je souris. Papa pense à tout. Grâce à lui, nous aurons toujours un coup d'avance sur ce sorcier.

Il soupire et s'enfonce dans son fauteuil.

– Le problème, c'est que les infirmières habituelles ont peur d'entrer dans le pavillon de quarantaine. Seules celles qui n'ont pas d'enfants osent s'occuper de ces pauvres filles qui s'étiolent jour après jour, et seuls les gardes sans famille acceptent de les protéger contre le sorcier. Pour lui, enlever des filles de l'hôpital et les enfermer dans sa prison, c'est un jeu d'enfant.

Ma peau me picote.

– Est-ce que le sorcier m'a enfermée dans cette prison, moi aussi ?

Le visage de papa se radoucit.

— Je ne sais pas, ma chérie. Quand je t'ai retrouvée, il en avait terminé avec toi.

— Tu sais où elle est, sa prison ?

— Oui. Elle est cachée en étant exposée à la vue de tous, au cœur de la ville, comme toi sur la route cet après-midi. Je t'ai fait un plan.

Il sort du livre posé sur la table à côté de lui un bout de papier plié et me le tend.

— Voilà, ceci te conduira jusqu'aux filles. Tu vas les libérer. C'est toi qui mettras fin aux agissements du sorcier.

▪ 9ᴱ JOUR

C'est ma première expédition en ville. Je replie ma cape entre mes ailes et je vole au-dessus du sentier forestier, enthousiasmée par mon objectif. Le soleil s'est couché il y a plusieurs heures et la lune, là-haut, me fait un clin d'œil comme si elle connaissait et approuvait ma mission.

Ça va être une bonne nuit. Je ne décevrai pas mon père. Je vais libérer les filles emprisonnées et papa leur donnera l'antidote contre la maladie du sorcier. Il ne peut pas les sauver sans mon aide. Il a besoin de moi.

Voilà pourquoi il me faisait lire des contes de fées. Il fallait que je me renseigne sur la magie et les sorciers, que je comprenne la nature fourbe de notre ennemi.

D'après mes livres, les sorciers sont des gens malins et déplaisants qui enferment des jeunes filles dans des tours, ensorcellent des villages entiers, détruisent les terres pour que rien ne puisse y pousser. Ça ne m'étonne pas du tout que l'un d'eux ait trouvé un moyen inédit de terroriser les habitants de Bryre.

Je ferai tout ce qui est en mon pouvoir pour mettre hors d'état de nuire celui qui nous a tuées, ma mère et moi.

Et qui est en train de tuer les filles de Bryre en ce moment même.

Papa m'a raconté que le sorcier les persécutait depuis des mois quand il a disparu, peu après ma mort. Cet homme malfaisant ne s'est terré que pour élaborer de nouveaux moyens de tourmenter les Bryrois et a refait surface moins d'un an plus tard. À papa et moi de les sauver.

Les grands arbres cèdent la place à de jeunes pousses plus fines, au feuillage moins dense. Je me pose sur le sentier. Les derniers mots de papa avant mon départ résonnent encore à mes oreilles.

« Veille bien à ce que personne ne te voie. »

Je ne le décevrai pas non plus sur ce point. Je déploie ma cape autour de moi, je relève la capuche pour dissimuler mon visage et je plaque ma queue contre mon dos. Mes yeux de chat y voient clair même sans lune. Aucun voyageur ne peut m'approcher sans que je le détecte.

Désormais, les arbres sont derrière moi et des pavés inégaux se font sentir sous mes pieds. Je me mets à courir, savourant la brise nocturne sur mon visage. Quand les fortifications de la ville apparaissent, je ralentis et je me glisse parmi les arbres qui les entourent. Je sais qu'il y aura des gardes, mais papa m'a montré comment les endormir. Entre ma queue et les flacons de poudre somnifère glissés sous ma ceinture, ils ne seront pas de taille à se défendre contre moi. Je ronronne, contente de savoir que je suis une machine bien conçue.

Je ferme les yeux et je me sers de mes sens aiguisés pour étudier les alentours, comme papa me l'a appris. À la porte est, les gardes ronflent. Des grillons stridulent dans les arbres et les champs qui entourent la ville. Une centaine de dormeurs respirent comme un seul homme; on dirait un murmure qui s'adresse exclusivement à mes oreilles. Quelque part, à l'intérieur de l'enceinte, un enfant pleure; je réprime le furieux désir de voler auprès de lui et de l'arracher à ses parents indignes. Aucun enfant ne devrait avoir à souffrir. Un autre garde fait les cent pas sur la courtine, au-dessus de moi. Bien que papa m'ait donné les moyens de me défendre, je n'ai aucune envie de blesser les gardes si je peux l'éviter. Tout ce qu'ils veulent, c'est protéger les enfants de Bryre, comme nous.

Je retiens mon souffle jusqu'à ce que le garde soit trop loin pour m'entendre.

De nouveau seule, je saute sur le mur, je le traverse au trot et, d'un bond, je redescends de l'autre côté.

Quand j'atterris dans l'herbe moelleuse, j'ai envie d'enlever mes chaussons et de replier mes orteils dans la terre, mais je refoule cet instinct. Je ne peux pas perdre de vue ma mission.

Je reste tapie dans l'herbe pour observer la ville de mes yeux bleus, que j'ai remis en place. Elle semble infinie. Des bâtiments de brique rouge et de bois sombre s'étirent sur des kilomètres en petites rangées bien nettes que croisent d'autres rues et d'autres maisons. Des arbres et des fleurs aux couleurs estompées dans le clair de lune ornent chacune d'entre elles. Moi qui croyais que notre maison et notre jardin étaient grands! Cet endroit paraît immense en comparaison. Combien de gens peut-il y avoir dans cette seule ville?

Je pourrais rester ici des heures à tout dévorer des yeux, mais je sors de ma poche le plan de papa. Il y a indiqué le meilleur chemin pour rejoindre la prison sans attirer l'attention.

Sans hésiter, je me fonds dans l'ombre.

En me déplaçant dans Bryre, je remarque un certain nombre de choses anormales. Les maisons ne sont pas toutes aussi impeccables et gaies que je l'ai cru au début. De nombreux jardins sont dans un triste état, envahis de mauvaises herbes et de débris. Les fenêtres de certaines maisons sont barrées par des planches, comme si elles avaient fermé les yeux et sombré dans le sommeil. Elles paraissent vides. Je traverse ces quartiers-là le plus vite possible.

Je prends le dernier tournant signalé sur le plan, et une fontaine chatoyante apparaît. Ce lieu est radicalement différent des rues que je viens de quitter. Des angelots crachent de l'eau vers le ciel et rient alors qu'elle leur retombe sur la figure. Ils semblent tellement vivants que je tends la main pour en toucher un, histoire de vérifier que c'est du marbre. Il est frais et mouillé sous ma paume. Malgré les avertissements répétés de papa, qui m'a rappelé de rester cachée sous ma cape, je trempe ma queue dans l'eau et j'asperge les angelots. Un rire s'échappe de ma gorge. Je me plaque une main sur la bouche.

C'est si calme ici, au milieu de la nuit, qu'un simple rire pourrait lancer toute la ville à mes trousses.

Des pas se font entendre dans une ruelle, de l'autre côté de la fontaine. La peur s'insinue entre mes écailles et mes griffes sortent d'un coup, malgré moi. Si je me fais prendre, papa sera découvert. Et le sorcier reprendra ses vengeances en série. Je ne peux pas permettre ça. Je tire sur ma capuche pour dissimuler mon visage, je replie ma queue et je me mets à l'abri dans l'ombre du bâtiment le plus proche.

J'arrête de respirer.

Quelques instants après, une silhouette d'à peu près la même taille que moi déboule sur la place, contourne la fontaine et se glisse dans la ruelle d'en face. Ce garçon – je suis certaine que c'est un garçon – n'a même pas perçu ma présence.

Mais moi, je l'ai vu. Et j'ai senti son odeur – une légère trace de cannelle flotte encore dans l'air, et ses cheveux châtains aux reflets argentés sous la lune dansent encore devant mes yeux.

Qu'est-ce qu'un jeune garçon pouvait bien fabriquer dehors si tard le soir ? Papa m'a dit qu'un couvre-feu obligeait tous les enfants à rentrer chez eux avant le coucher du soleil. La magie noire atteint le maximum de sa puissance dans l'ombre et le clair de lune, et le risque de tomber sous le coup du sortilège qui rend malade est plus important la nuit. Le soleil est couché depuis bien longtemps et quelque chose me dit que ce garçon a mon âge. Il ne devrait pas être dehors.

Mais je ne suis pas là pour sauver un garçon. Je suis là pour les filles que le sorcier a enfermées. Le plan me montre qu'il faut dépasser la fontaine et prendre la ruelle par laquelle le garçon est arrivé. Comme lui, je me mets à courir. Dans ces rues-ci, les bâtiments sont plus grands que les maisonnettes que j'ai croisées tout à l'heure. La plupart s'élèvent sur deux ou trois étages et arborent de solides façades en brique. Ça n'a pas l'air d'être des habitations.

Et voilà le bâtiment signalé comme la prison sur le plan. Un édifice carré, en brique, avec deux étages et du lierre qui grimpe sur les côtés. Il ressemble aux bâtiments qui l'entourent. Dissimulant les filles alors qu'il est parfaitement visible. C'est d'une ingéniosité diabolique. Je me demande s'il est ensorcelé pour empêcher les intrus d'y pénétrer, mais rien ne me retient quand je m'approche.

Tout ce que j'ai à faire, maintenant, c'est neutraliser les gardes que le sorcier a sans doute postés ici. Je pense qu'ils seront efficaces, mais papa m'a préparée à cette éventualité aussi. Je me glisse à l'arrière du bâtiment en prenant soin de rester à l'affût du moindre regard insistant et du moindre bruit trahissant la présence de gardes à proximité. Une fois sûre d'être seule, je vole sur le toit, puis je replie vite mes ailes et je m'accroupis près des bardeaux. Sous mes pieds, de nombreux cœurs palpitent dans un sommeil silencieux. Il y a tant de filles ici !

Enhardie, je soulève plusieurs bardeaux le plus discrètement possible et je passe la tête entre les chevrons. Deux ombres se déplacent dans l'obscurité. Des gardes. Aucune trace des filles. Peut-être qu'elles sont dans la chambre voisine. Je sens qu'elles ne sont pas loin.

Je détache un des flacons de ma ceinture et je le jette dans la pièce, suivant les instructions de papa. Des nuages de poussière blanche éclosent quand le verre se brise, emplissant l'espace en quelques secondes. Les ombres cessent de bouger tandis que la poussière blanche se dissipe. On dirait qu'elles l'absorbent, mais je suis certaine que mes yeux me jouent des tours.

Quelques instants après, les deux gardes sont par terre, profondément endormis.

Je me pose doucement sur le sol de pierre. Leurs visages sont détendus. Ils n'ont pas l'air d'être de mauvais bougres. Je me demande pourquoi ils travaillent pour le sorcier. Il les a ensorcelés, sans doute. Papa dit que la magie peut accomplir quantité de choses inattendues et complexes.

La pièce est plutôt un couloir qui s'étend de part et d'autre, avec des torches dans des portants le long des murs. La porte que je cherche est dans le mur intérieur. Les serrures ne résistent pas à mes griffes et je passe de l'autre côté en deux minutes.

Rien de ce que papa m'a dit ne m'avait préparée à ça.

La salle est pleine de petits lits, alignés rangée après rangée, où dorment des petites malades d'âges variés. La plus jeune ne peut pas avoir plus de sept ans, et la plus âgée doit en avoir dix-huit. Une odeur de sang flotte dans l'air comme une brume et menace d'émousser mes sens d'animal. Ces filles ne sont pas juste souffrantes ; le sortilège a laissé sa marque sur leurs corps : pustules, rougeurs sanguinolentes et rêves fébriles. Sous le choc, je titube entre les rangées. Il y a trop de filles pour les compter. L'énormité de la tâche à accomplir me fait l'effet d'un coup de poing.

Je ne peux en ramener qu'une par soir.

« La ruse et le temps sont de notre côté », a dit papa.

Comment ? Comment pourrais-je n'en choisir qu'une seule ? Une seule pauvresse à délivrer de ce cauchemar ?

Une sensation d'horreur envahit mes entrailles et je me précipite vers le pot de chambre le plus proche pour vomir mon dîner.

Je suis déjà venue. C'est ici que je suis morte.

Papa prétend qu'il n'en sait rien, mais j'en ai une certitude viscérale. A-t-il fait exprès de ne pas me laisser mes souvenirs, en réalité, sachant qu'il me renverrait dans cet enfer ? Si c'est le cas, c'était vraiment charitable de sa part.

Je me relève. Ma nausée a cédé la place à un furieux désir de tailler en pièces le sorcier qui a enlevé, empoisonné et torturé ces filles. Je vais les sauver. Même si je dois y consacrer le reste de ma vie.

Je contemple les visages endormis en me demandant laquelle devrait partir la première. C'est cruel de me forcer à choisir. Pourquoi papa ne m'a-t-il pas donné d'instructions à ce propos ? Pourquoi ne m'a-t-il pas dit laquelle a le plus besoin d'être sauvée ?

Je m'aperçois avec surprise que j'ai le visage mouillé. Je touche ma joue.

Larmes. Voilà le mot qui me vient à l'esprit. Les gens pleurent quand ils sont tristes.

Oui, je suis triste. Cet endroit affreux me rend triste.

Une enfant dans un coin de la salle attire mon regard. Des sillons humides strient ses joues crasseuses. Elle aussi, elle a pleuré.

C'est elle que je vais délivrer en premier.

Je m'approche sur la pointe des pieds. Elle est toute menue, elle devrait être facile à porter. Sous la crasse, la maladie et l'obscurité, je vois une touche de rose fleurir sur ses joues. La même couleur que les roses de mon jardin. Avec le fatras de boucles dorées qui encadre son visage, elle n'est pas sans rappeler les angelots de la fontaine. Elle suce son pouce en dormant. C'est un mouvement continu, inconscient.

Oui, c'est cette gamine qui mérite le plus d'être sauvée. Ce soir. Ce soir, c'est son soir. Notre soir.

Mes bras se glissent sous son corps frêle et je la soulève. Sa tête roule et, soudain, la fillette ouvre les yeux. Ses doigts tombent de sa bouche.

– Chut! je murmure en m'apercevant – trop tard – que j'ai laissé mes yeux de chat à la place de mes iris humains. Un petit gémissement monte de la poitrine de l'enfant, qui se débat dans mes bras.

Il ne faut pas qu'elle réveille les autres.

Ma queue se déplie et lui pique la poitrine. Je vois la stupeur se dessiner un instant sur son visage, puis la fillette se ramollit dans mes bras. Je sais que c'est un mal nécessaire, mais j'aurais préféré ne pas être obligée de l'endormir. Je voudrais lui parler, lui dire que sa vie sera bien plus douce à présent. Qu'elle est en sécurité et qu'elle pourra jouer dans ma roseraie lorsqu'elle se réveillera.

Son visage détendu me fait encore penser aux angelots de marbre.

Une fois de retour à la maison, je demanderai à papa si je peux avoir une fontaine dans mon jardin. Je pense que ces filles vont adorer leur séjour chez nous.

Alors que je gagne sur la pointe des pieds la porte de leur cellule pour rejoindre discrètement la pièce où se trouvent les gardes endormis, j'entends un bruit de pas traînants dans le couloir. Je m'envole par le trou dans le toit, je remets les bardeaux en place et je repars en sens inverse dans les rues sinueuses. La fille est blottie sous ma cape. Elle peut respirer, et elle ne sera pas facile à repérer.

Moi non plus. L'ombre m'accueille comme une vieille amie. Quand j'atteins le mur d'enceinte, mes bras commencent à fatiguer. Papa m'attend; il faut que j'accélère l'allure. Je fais une pause dans l'herbe fraîche, sous le parapet, pour voir si quelqu'un approche.

Je n'entends rien d'autre que les gardes qui ronflent devant la porte de la ville.

D'un bond, j'arrive au sommet du mur. Je retourne ma cape et je la noue comme une écharpe pour porter l'enfant. Puis je déploie mes ailes et je décolle dans la nuit.

▪ 10ᴱ JOUR

Papa était content de la fille que j'ai choisie. Il nous a tapoté la tête, à elle et à moi, quand je l'ai rapportée à la maison et que je l'ai couchée dans la chambre d'amis de la tour, au-dessus de son laboratoire. Il a dit :

– Tu as bien travaillé, mon enfant.

Puis il m'a donné congé pour pouvoir s'occuper de la soigner. J'aurais voulu rester et le regarder faire, mais papa a déclaré fermement que j'avais besoin de me reposer.

C'était hier soir. Maintenant, je suis toujours aussi ravie qu'il m'ait félicitée. J'ai bien travaillé. J'ai sauvé cette fille. Je me demande si mes roses vont lui plaire.

J'examine les fleurs en arrosant les rosiers, puis j'en cueille deux. Je vais les lui donner. Ça égaiera sa chambre austère. Avec les roses, tout devient un peu mieux.

Je fais rouler le mot «rose» dans ma bouche et je le répète à voix haute en traversant le jardin. Ce son a quelque chose de satisfaisant. D'apaisant, presque.

Je monte l'escalier de la tour qui jouxte notre petite maison. Les filles dormiront toutes là-haut. C'est dans cette même tour que papa a travaillé si dur pour me créer. Les marches de pierre ne grincent pas, mais quelquefois, le bois de l'extérieur oscille légèrement dans les grosses rafales. L'escalier en colimaçon est émaillé de petites fenêtres rondes par où passent des rayons de soleil qui éclairent mes pas.

La pièce du haut est fermée par une lourde porte en bois ; je me sers de la clé accrochée au mur pour l'ouvrir. Quand j'entre dans la chambre blanchie à la chaux, la fille est déjà réveillée et même assise au bord du lit, les jambes pendantes. Le soleil qui entre à flots par la fenêtre derrière elle illumine sa silhouette frêle. Elle renifle et essuie une larme sur sa joue. J'ai pensé à bien fermer ma cape ; je suis certaine qu'elle ne pleure pas à cause de moi.

– Qu'est-ce qui ne va pas ?

Ses sanglots redoublent et elle ne répond pas. Ses délicates boucles blondes sont collées à ses joues humides, et elle a replié ses bras minces autour de son buste. Sa peau est d'une couleur unie, elle n'a pas le moindre point de suture ni le moindre boulon pour rester d'un seul tenant. Sans réfléchir, je passe la main sur un des boulons qui fixent mon cou à mes épaules.

Bien sûr, elle n'a pas non plus de queue ni d'ailes, tandis que moi, je suis de plus en plus attachée aux miennes. Elles sont drôlement utiles.

Je fais encore un pas vers elle et je note avec plaisir que toutes les traces du sortilège qui rend malade ont disparu. Plus de pustules ni de rougeurs, et elle n'a pratiquement plus de fièvre. Papa est très doué dans son domaine.

On dirait que les larmes de cette enfant ne cesseront jamais. Je la regarde en penchant la tête, puis je lui tends les roses. Elles sont d'une couleur pêche soulignée d'un rouge plus sombre qui grignote les bords des pétales. Papa les appelle des roses rougissantes.

La fille ne les prend pas.

Perplexe, je les pose à côté d'elle sur le lit. Elle renifle encore, puis elle en prend une, qu'elle fait tourner entre ses petits doigts. Elle sait comment éviter les épines. Elle doit les aimer, alors. Je lui fais un sourire hésitant.

– Maman... murmure-t-elle tandis que de nouvelles larmes coulent de ses yeux.

– Maman? je répète, tel un écho.

– Je veux ma maman.

Quelque chose de primitif monte en moi. Du chagrin mêlé à d'autres émotions que je ne comprends pas. Maman. Sa mère. Sa mère lui manque.

Et moi, est-ce que ma mère m'a manqué quand j'étais dans cette horrible prison? Je voudrais bien pouvoir me le rappeler, mais en même temps, je suis contente que ce ne soit pas le cas. Je n'ai pas envie de connaître la douleur qu'éprouve cette enfant.

Je m'agenouille devant elle.

– Tu es en sécurité, dis-je, tout en sachant que ça lui importe peu.

Elle me dévisage, puis se tourne à nouveau vers la rose.

– Maman adore les roses, chuchote-t-elle.

– Et toi, tu les aimes?

Son visage se déforme et les larmes se remettent à couler à flots. Elle secoue la tête et jette la rose à l'autre bout de la pièce. Des pétales se dispersent sur le sol.

Je ne comprends pas cette enfant ni ses émotions étranges. Pourquoi jeter quelque chose d'aussi ravissant?

– Lou! tonne mon père derrière moi. Qu'est-ce que tu fais?

Je me retourne d'un bond. Papa a l'air soucieux. Peut-être a-t-il cru que c'était moi qui pleurais.

– J'ai apporté des roses à notre invitée...

Je fronce les sourcils en regardant la fleur en morceaux par terre.

– ... Mais je crois qu'elles ne lui plaisent pas.

– Lou, il ne faut pas que tu t'attaches aux filles. Maintenant, endors-la et viens avec moi.

Je baisse la tête.

– Bien, papa.

La gamine pleure dans son oreiller ; elle ne me verra pas. Je la pique sans hésitation et je rejoins papa dehors.

Mais sur le seuil, je m'immobilise. Un curieux sentiment s'éveille dans ma poitrine.

Maman. Ce mot... Il a quelque chose de...

Une jupe en soie bleue chatoyante. Je sens le tissu entre mes doigts, et je le vois bouger comme de l'eau autour des pieds d'une femme. *Maman.*

Le sentiment primitif d'il y a quelques instants revient en force, menaçant de m'étrangler. Je m'agrippe à l'encadrement de la porte et tchac ! mes griffes sortent et s'enfoncent dans le bois.

Ça passe aussi vite que c'est venu. Plus de soie, plus de femme – rien que l'impression fugitive d'une présence familière.

Je descends l'escalier en courant. La vue de papa, au pied des marches, me calme.

Il se baisse pour glisser les mains par terre. Je l'observe, la tête penchée. Je ne l'avais encore jamais vu faire ça. Mais bon, je ne passe pas beaucoup de temps dans la tour. Je préfère le jardin ou un fauteuil devant le feu, dans la maison.

Papa marmonne en tirant sur un loquet dissimulé dans le sol, qui coulisse pour révéler un escalier. Il s'aperçoit que j'ai les yeux écarquillés.

– Viens donc. Il y a quelque chose qui te tracasse. Tu n'auras qu'à me poser tes questions à ce sujet pendant que je travaille.

Ça me fait plaisir. Papa est un inventeur – un scientifique, à ce qu'il dit –, mais je ne l'avais encore jamais regardé créer des choses. Je dévale les marches à sa suite. J'ai les mains tremblantes ; je me demande si c'est à cause de ce qui vient de se passer sur le seuil.

– Qu'est-ce que tu vas fabriquer aujourd'hui, papa ?

Il me fait un clin d'œil.

– Tu manges tellement d'œufs qu'on a besoin de quelques poules de plus.

Je glousse. C'est vrai que j'ai mangé beaucoup d'œufs dernièrement. C'est mon plat préféré, à part le lapin.

Quand on arrive dans son laboratoire, je laisse échapper un hoquet de stupeur. C'est la copie conforme de la chambre de l'étage, avant qu'elle ait été blanchie à la chaux et aménagée pour les filles. Mais cette salle-ci est différente par bien des aspects. Le sol et les murs sans fenêtres sont tous en pierre grise et froide. Des coffres en pierre rectangulaires sont rangés côte à côte. Des étagères pleines de curieux bocaux de toutes tailles s'alignent contre les murs. Certains contiennent des herbes séchées, d'autres des yeux, des langues et des trucs charnus que je n'arrive pas à identifier, et qui flottent tous dans un liquide trouble.

Bien que placée en sous-sol, la salle secrète de la tour est haute de plafond. Une dizaine de squelettes de créatures tout droit sorties de mes contes de fées pendent au-dessus de ma tête. Curieuse, je lève le bras et je touche du doigt le bout d'une queue de poisson accrochée aux hanches de ce qui a l'air d'être un squelette humain.

Papa claque la langue d'un air réprobateur.

– Lou, s'il te plaît, n'y touche pas. Ils sont très fragiles.

Sans répondre, je fais le tour de la salle pour examiner chaque spécimen. Il y en a un énorme, doté d'un corps de cheval avec une tête et un torse d'homme. Un autre a un crâne de chat, mais un corps de bête beaucoup plus grosse et des serres d'aigle. La plupart sont des combinaisons dont je ne connais pas le nom. Je suis décidée à fouiller dans mes livres pour tous les trouver.

– Qu'est-ce que c'est, ça ? je demande en désignant une créature qui a un crâne humain sur un corps d'animal avec une queue d'insecte.

Le dard, au bout, me rappelle le mien.

– C'est une manticore.

– Qu'est-ce que ça fait ici ?

Il prend un air grave.

– Ils sont tous ici pour être préservés. Et pour que je puisse les étudier. Ils m'ont aidé à déterminer le meilleur moyen de relier les différentes parties de ton corps entre elles, Louna.

Un frisson s'insinue en moi.

– Tu les as tués ?

– Oh non, ma chérie. J'ai essayé de les sauver. Le sorcier a tiré une partie de sa magie de ces bêtes. Il y a des gens qui réduisent leurs os en poudre pour récupérer les résidus magiques qui y restent accrochés, mais moi, je n'ai pas supporté de laisser faire ça à des créatures pareilles.

– Tu les protèges, alors ? dis-je avec soulagement.

– Exactement.

Papa ôte le couvercle d'un des drôles de coffres gris et plonge la main à l'intérieur.

– Et ça, qu'est-ce que c'est ? je demande.

– Des boîtes réfrigérantes. Elles permettent de conserver des choses. Comme ça.

Il sort du coffre une carcasse de poulet raidie, à moitié pourrie et la pose sur la table en pierre, au centre de la pièce circulaire. Suivent deux pattes velues munies de sabots.

Intriguée, je m'approche du coffre et j'appuie mes paumes sur le côté. Je retire vite ma main. En effet, c'est froid. Très froid.

« Glacial », dit une voix dans un coin de ma tête.

– Comment ça se fait, papa ?

– Certains diraient que c'est un charme.

– Mais je croyais que les charmes, c'était de la magie.

Mes contes de fées mentionnent divers types de sortilèges et d'enchantements. Les sorciers prononcent des incantations maléfiques au milieu de la nuit en agitant les bras au-dessus d'un chaudron et captent la magie noire pour accomplir de terribles méfaits.

Il sourit.

– Certes. Mais je n'ai pas dit que c'était moi qui appelais ça un charme, juste que certaines personnes le feraient. Il n'y a pas que la magie qui permette de faire des choses extraordinaires.

Son sourire vacille.

– J'ai bien peur que mon domaine de la science soit à peu près aussi incompris par les Bryrois que le serait ta véritable apparence. Ils ont peur de tout ce qu'ils ne comprennent pas. Voilà pourquoi ils ont interdit il y a des années la pratique de la magie – et aussi d'une grande partie de la science – dans l'enceinte de la ville.

– Quelle est la différence entre la science et la magie ?

Je ne voudrais pas confondre les deux et prendre un homme innocent pour le sorcier.

– Elle est plus importante que tu ne l'imagines, mais invisible à l'œil nu. La magie est une force qui peut être exploitée; la science nécessite de connaître les éléments physiques. L'une et l'autre peuvent être utilisées pour manipuler le monde que tu vois autour de toi. On ne peut pas jeter un sort grâce à la science, mais on peut quand même faire survenir des choses inhabituelles.

– Comme moi?

Il lève les yeux de son poulet raidi.

– Exactement.

Je commence à comprendre. Je sens mon visage s'illuminer.

Je me place de l'autre côté de la table pour regarder papa travailler. Il murmure et bouge rapidement les mains. C'est hypnotisant, mais pas au point de me faire oublier la question qui me trouble depuis que j'ai parlé à notre petite protégée.

– À quoi ressemblait ma mère?

Papa s'interrompt dans ce qu'il faisait et blêmit.

– Oh, Lou. Pourquoi faut-il que tu me demandes ça?

Mes joues s'échauffent.

– Je crois que je m'en souviens. Un peu.

Papa fronce les sourcils.

– Qu'est-ce que tu veux dire?

– Cette fille, là-haut. Elle a mentionné sa mère. Et ensuite, j'ai vu quelque chose dans ma tête, pendant un court instant. L'image d'une femme en jupe bleue. Ça paraissait tellement réel que j'aurais presque pu sentir le tissu entre mes doigts.

Je ne sais pas trop comment expliquer le sentiment puissant que j'ai eu au moment de cette vision, mais j'espère que mes mots hésitants seront suffisants pour papa.

Il abandonne le poulet et me prend dans ses bras.

– Ma chère enfant, ta mère était la femme la plus adorable du monde. Tu as ses yeux et sa douceur. Si tu as vu quelque chose, c'est juste un fragment de souvenir que ton cerveau a conservé. Ne sois pas troublée et n'en cherche pas d'autres. S'il te reste quelques souvenirs, ils doivent être partiels et perturbants. Ça ne ferait que te peiner d'entrevoir ce que tu ne peux plus avoir.

La vérité de ses paroles me glace. Quoi que ma mère ait représenté pour moi autrefois, c'est perdu pour toujours.

Il se remet au travail, et je l'observe en silence pendant plusieurs minutes. Je reviens en pensée à mon expédition de la nuit dernière.

– Tu es sûr que le couvre-feu est toujours en vigueur ?

– Certain, dit-il.

Après un silence, il ajoute :

– Pourquoi tu me demandes ça ?

– Le roi n'a pas changé d'avis ?

– C'est peu probable, sachant que le sorcier continue de tourmenter la population.

Il pose les mains sur le bord de la table.

– Pourquoi, Louna ?

Son regard scrutateur me met mal à l'aise. Je sais que je devrais lui parler du garçon que j'ai vu passer en courant devant la fontaine, mais une part de moi y répugne. Une part de moi veut garder pour elle ce secret, ce garçon.

Mais mon père a été si bon et si généreux avec moi. Je ne peux rien lui cacher. Il faut qu'il sache tout au sujet de ma mission. Je ne veux pas commettre d'erreurs qui pourraient permettre au sorcier de mener à bien son horrible projet.

– Louna ?

Il me fixe avec encore plus d'insistance.

– Il y avait un garçon. Je crois. Il est passé devant moi en courant. Sur cette place avec la fontaine aux angelots.

Les mains de papa se crispent sur le bord de la table, et des veines bleutées ressortent sur sa peau.

– Il t'a vue ? chuchote-t-il d'une voix tendue.

Un frisson d'angoisse parcourt ma colonne vertébrale. Je secoue la tête.

– Je me suis cachée dans l'ombre. Il ne s'est pas douté que j'étais là. Sa présence m'a étonnée à cause du couvre-feu.

Ses mains se relâchent, mais son regard se perd dans le vague, comme s'il n'était plus dans la pièce avec moi.

– Oui, c'est bizarre. Je suis content que tu m'en aies parlé.

Il plonge ses yeux dans les miens.

– Si tu remarques autre chose d'anormal, il faut me le dire. Et surtout, ne te montre pas à ce garçon ou à n'importe quel autre humain. Tu comprends, Louna ?

– Oui, papa. Je resterai cachée. Je te le promets.

– C'est bien. Maintenant, tiens-moi ça.

Il me donne les pattes velues et froides, et guide ma main pour que je les presse contre le corps du poulet. Elles sont mutilées l'une et l'autre mais, tandis que papa marmonne et les saupoudre d'herbes tirées de ses rayonnages – du poivre pour réchauffer, de l'aloe vera pour guérir –, elles se dégèlent et changent d'allure sous mes yeux. La chair devient tiède et molle.

Mon père est vraiment un homme extraordinaire.

Il accroche les pattes sur le poulet avec de minuscules boulons et se remet à marmonner.

Mes pensées reviennent à la fille qui dort en haut de la tour.

– Combien de temps est-ce qu'on peut la garder? Elles vont toutes venir vivre avec nous?

Papa prend un air horrifié.

– Bien sûr que non. Où est-ce qu'on les installerait? On n'a pas assez de place pour autant de filles.

Voyant ma mine déconfite, il me tapote l'épaule.

– Ne t'inquiète pas. Cette fille et toutes celles que tu ramèneras iront dans un endroit formidable. Bien mieux qu'ici.

– Et leurs mères? Elles pourront y aller aussi? La petite fille m'a dit que sa maman lui manquait.

Les derniers vestiges de mon souvenir me pincent l'intérieur de la poitrine, mais je refoule mon émotion.

Le visage de papa se détend une fraction de seconde.

– Pas tout de suite. Peut-être qu'elles pourront les rejoindre une fois que le sorcier ne sera plus là.

Je souris.

– Je pense que ça lui ferait plaisir.

Je passe un doigt sur le bout de la patte du poulet pendant que papa continue à s'échiner sur la créature.

– ... Parle-moi de l'endroit où on va l'envoyer.

Il glousse.

– Je me demandais combien de temps tu mettrais à me poser cette question.

Il secoue la tête.

– Belladoma est la plus belle ville du monde. Elle se trouve de l'autre côté des montagnes de l'ouest. Son roi est un homme bon et puissant. Il se laisse facilement attendrir par les jeunes filles qui ont des ennuis. Elles seront entre les meilleures mains possibles. Le sorcier ne penserait jamais à aller les chercher là-bas. Il est bien trop obsédé par Bryre. Et puis Belladoma est alliée avec moi, pas avec les Bryrois.

Je fronce les sourcils. Je me sens... responsable. Du bonheur de la fille qui est là-haut et de celles qui sont encore dans cette prison.

– Mais est-ce qu'elles auront des roses?

– Elles auront des roses et des tournesols et des pétunias et des jacinthes et toutes les fleurs possibles. Elles logeront au palais avec le roi, elles seront ses invitées d'honneur.

Je n'ai pas encore vu le palais de notre ville, mais j'ai le projet de le trouver lors d'une de mes expéditions. J'imagine qu'il est magnifique. Cet autre palais, dans un royaume si riche et si heureux, doit être encore plus beau!

Je désigne d'un geste les squelettes pendus au plafond.

– Est-ce qu'il y a des bêtes comme celles-ci à Belladoma? Et des dragons, ou peut-être des griffons?

Les contes de fées de papa parlent de ce genre de créatures, mais je n'en ai vu aucune à Bryre. Ni même ici, dans le laboratoire. Quoique terrifiantes, elles sont supposées être d'une grande sagesse.

Papa prend un air grave.

– J'ai bien peur que non. Le dernier griffon est mort il y a plus d'un siècle, et on a chassé les dragons pour leurs pouvoirs magiques jusqu'à ce qu'ils arrivent au bord de l'extinction. Ils sont encore plus rares que ces bêtes-ci. Elles laissent leur squelette derrière elles, alors que les dragons, non. Ils sont cent pour cent magiques, jusqu'à la moelle.

– Qui les chasse?

Je pourrais étrangler ceux qui sont capables de faire une chose pareille.

– À ton avis ?

Je grogne.

– Le sorcier !

Papa examine le contenu d'une boîte réfrigérante.

– Pas seulement lui, mais c'est sûr qu'il a eu son lot de sang de dragon.

Mes griffes sortent avec un claquement.

– Pourquoi ?

Il referme la boîte réfrigérante et se met à examiner ses étagères.

– C'est comme ça que les sorciers ont acquis leurs pouvoirs à l'origine. Autrefois, les dragons et les humains vivaient ensemble, en parfaite harmonie. Chaque type de dragons avait une affinité avec un élément différent : les dragons de roche avec la terre, les dragons d'eau avec les fleuves, etc. Au bout d'un moment, les gens qui vivaient avec eux se sont imprégnés d'une partie de leur magie. Ces chevaucheurs de dragons sont devenus les premiers sorciers.

– Ce n'est pas logique du tout. Si les sorciers étaient amis avec les dragons, pourquoi les auraient-ils chassés ?

Papa se tourne vers moi.

– Eh bien, ma chérie, c'est ça le problème avec le pouvoir. Les gens ont tendance à en vouloir davantage. Ces sorciers étaient toujours humains, après tout. Ils ont découvert que lorsque les dragons mouraient, tous leurs pouvoirs étaient transmis aux personnes qui se trouvaient le plus près. Et s'ils tuaient les dragons eux-mêmes, ça accélérait le processus. Les dragons vivent des centaines d'années.

Pourquoi attendre que l'un d'eux meure alors qu'on pouvait le tuer tout de suite ? Plus les sorciers se sont imprégnés de magie, plus c'est devenu facile pour eux de tuer des dragons. Il n'en reste pratiquement plus à présent.

Il se tapote le menton avec un doigt.

– Mais j'ai entendu dire qu'un dragon vivait quelque part aux alentours de Bryre. Ça ne m'étonnerait pas que ce soit la raison pour laquelle notre sorcier est venu ici au départ.

– Quelle horreur.

Voilà tout ce que j'ai trouvé à dire à travers ma grimace indignée. Pauvres dragons. Dire qu'ils faisaient confiance à ces hommes, qu'ils les prenaient pour leurs amis, allant jusqu'à partager leur magie avec eux, même si c'était accidentel, et que ces gens les ont assassinés.

Papa sort quelques flacons des étagères et se met à verser des gouttes sur le corps recousu du poulet. La chair les absorbe comme les éponges dont je me sers pour faire la vaisselle.

– Il y a des fontaines à Belladoma ? J'en ai vu une hier soir avec des angelots rieurs. Ils étaient si drôles qu'ils m'ont fait rire à mon tour.

J'ai besoin de changer de sujet pour éviter de me mettre en colère. Quoi qu'aient fait les sorciers, il faut que j'aide les Bryrois, ce soir et tous les soirs qui suivront.

– Il y a des fontaines, des bassins et des jardins. Tout est aussi vert et ensoleillé que les montagnes qu'il faut traverser pour y parvenir.

Ma poitrine se gonfle d'orgueil. On va emmener ces filles dans un paradis. On va toutes les sauver.

– J'aimerais bien voir ça. Ça semble parfait.

Papa interrompt son travail pour me presser l'épaule.

– Un jour, ma chérie, tu iras.

J'ouvre des yeux ronds.

– Vraiment ? Je pourrai ?

– Bien sûr. Une fois que le sorcier ne sera plus là, nous passerons le restant de nos jours là-bas.

– Quand est-ce qu'on y emmènera la petite fille ? Je veux y aller !

Le visage de papa s'assombrit.

– Tu as mal compris, mon enfant. On ne peut pas l'emmener là-bas nous-mêmes. C'est un voyage trop long et notre présence est nécessaire ici. C'est mon ami Arnaud qui l'y conduira.

Je suis cruellement déçue. L'ami de papa...

– Le monsieur qui a eu peur de moi ?

Papa ricane.

– Oui. Mais tant que tu ne te montres pas dans un état aussi effrayant que la première fois, nous n'aurons pas à craindre que ça se reproduise.

– Je ne le ferai plus, c'est promis.

Je me tords les mains derrière mon dos.

– Si on ne peut pas y aller avec eux, est-ce que je peux au moins avoir une fontaine ? Pour mon jardin ?

Je mets mes iris bleus et je lui fais un sourire plein d'espoir.

– Apporte-moi quelques filles de plus et je verrai ce que je peux faire.

– Merci, papa !

Je bats gaiement des ailes, soulevant un nuage d'herbes qui s'échappent d'un flacon ouvert sur l'étagère voisine.

– Oui, oui. Maintenant, prends cette poule...

Il pose la bête en train de s'éveiller sur le sol de pierre.

– ... et présente-la à ses nouvelles amies.

Je regarde avec émerveillement la créature qui picore sur le carrelage de la tour. Papa est doué pour réparer les choses cassées. Je pense qu'il pourrait réparer n'importe quoi. Même notre ville brisée.

Pendant que papa retourne dans la maison, je lâche la poule dans le jardin. Elle caquette et gratte le sol avec les autres. Elles se déplacent vite sur leurs sabots. De temps en temps, quand elles sont trop excitées, elles piquent des sprints. Comme elles commencent à le faire maintenant. Je hume l'air. Quelque chose a changé ; une odeur vaguement reconnaissable passe à travers la haie.

Quelqu'un arrive. Je cours dans la maison pour prévenir papa et prendre ma cape. Je ne voudrais pas effrayer notre visiteur, qui que ce soit. Je dois être présentable. Je ferme l'attache devant mon cou, mais les boulons sont toujours visibles. Je fronce les sourcils. Je n'ai pas envie de garder ma capuche par une journée si chaude.

– Papa ! je crie. Il y a quelqu'un qui traverse la haie.

Il apparaît dans le couloir.

– Merci, ma chérie.

Il s'arrête quand il voit que je soulève ma cape devant mon cou – le seul moyen que j'aie trouvé pour cacher les boulons sans porter ma capuche.

– Attends là, j'ai quelque chose qui va t'aider.

Il disparaît dans sa chambre. J'ai à peine le temps de me demander ce qu'il peut bien aller chercher pour moi quand il ressurgit avec une bande de satin noir sur laquelle est fixé un pendentif en forme de rose rouge.

– C'est magnifique, dis-je dans un souffle.

– Je l'avais donné à ta mère autrefois, dit-il en attachant le tour de cou sur moi.

Le collier couvre parfaitement les boulons. Je passe un doigt sur le bijou. Je vais le chérir; c'est tout ce qu'il me reste de ma mère.

Papa me prend le bras et m'entraîne dans le jardin pour accueillir notre visiteur. Un homme arrive à bord d'une petite carriole avec, à l'arrière, une caisse munie de barreaux. Je sursaute lorsque je le reconnais.

C'est l'homme que j'ai terrorisé l'autre jour. Je serre plus fort le bras de papa. Malgré ce qu'il m'a dit, je me méfie, étant donné ce qui s'est passé alors.

En descendant de la carriole, l'homme salue papa d'un geste et soulève son chapeau à large bord à mon intention.

– Salut, Barnabas. Voilà donc ta petite arme secrète?

Il fait un clin d'œil à papa et quelque chose se contracte au fond de mon ventre. Il a beau être son ami, il y a quelque chose chez lui qui me dérange. C'est peut-être juste un reste de malaise à cause de notre première rencontre.

Papa me tapote le bras.

– Oui, c'est elle. Ma meilleure création à ce jour.

L'homme s'approche et scrute mon visage en écarquillant les yeux.

– Barnabas, tu t'es surpassé. Elle paraît complètement différente, à part les yeux.

– Oui, elle est suffisamment différente pour que les habitants de la ville ne la reconnaissent pas s'ils l'aperçoivent.

Je presse le bras de papa. Pourquoi cet homme devrait-il être surpris par mon apparence?

– Ravi de te rencontrer, dit-il en plongeant ses yeux noisette dans les miens.

Il a le visage fripé et poussiéreux, bien qu'il soit plus jeune que papa. Il ne semble pas se rappeler notre première rencontre. Je parais moins bestiale qu'alors. Peut-être qu'il ne m'avait pas aussi bien vue que je le craignais.

L'homme s'incline et arrache ma main du bras de papa pour y poser un baiser. Je fais un énorme effort pour ne pas la lui reprendre, mais mes griffes sortent d'instinct au contact de cet étranger.

– Qu'est-ce que c'est que ça ? hurle-t-il en faisant un bond en arrière.

Oh non, j'ai encore fait une bêtise ! Je rétracte mes griffes et je lui fais un grand sourire dans l'espoir qu'il se calme aussi vite que la dernière fois. Papa pose une main ferme sur son épaule.

– Tout va bien, Arnaud. Il n'y a rien à craindre. C'était juste une illusion d'optique.

L'expression de l'homme se détend, puis il glousse et s'essuie le front.

– Eh bien, ça m'a fait peur. Désolé, mademoiselle, je ne dois pas dormir assez.

Il remet son chapeau en place.

– Où est notre cargaison ?

– Louna, va chercher la fille, veux-tu ? Veille bien à ce qu'elle soit endormie. Arnaud va l'emmener faire un long voyage.

Papa me jette un regard chargé de sous-entendus ; je sais ce qu'il veut que je fasse. Je regrette que cette fille soit tout le temps obligée de dormir, mais papa a ses raisons. Ça vaut mieux.

Je me dirige vers la tour. En jetant un coup d'œil par-dessus mon épaule, je vois papa et l'homme, tête contre tête, en grande conversation. L'homme lance plus d'un regard dans ma direction en fronçant les sourcils. Je me demande s'il croit vraiment que mes griffes étaient juste une illusion d'optique.

Je monte l'escalier de la tour avec un sourire en pensant au laboratoire de papa, caché au sous-sol. La fille dort toujours, je la soulève facilement. Je prends la deuxième rose qui restait sur le lit et je la glisse derrière son oreille. Elle aura beaucoup de fleurs et de bonheur là où elle va, mais j'espère qu'elle gardera celle-ci et se souviendra de papa et moi et de tout ce que nous lui avons donné.

À mon retour, papa et Arnaud sont adossés contre les barreaux en métal de l'étrange carriole. Papa me fait un sourire radieux quand je m'approche. Arnaud sourit, mais pas de la même manière. Malgré tous mes efforts, je n'arrive pas à apprécier cet homme.

Arnaud ouvre une partie des barreaux et me fait signe de poser la fille à l'intérieur. Des oreillers et de la paille tapissent le fond. Pas aussi chouette que la chambre que j'avais aménagée dans la tour, mais on a besoin de moins de tralalas en voyage. J'étends son corps sur les oreillers, je lisse ses cheveux et défroisse ses vêtements.

– Parfait, dit Arnaud en fermant la porte à barreaux avant de fixer une bâche en toile par-dessus. Elle sera en sécurité là-dedans.

Il se tourne vers papa.

– C'est un plaisir de travailler avec vous deux, mais je dois filer. Ces montagnes ne vont pas se franchir toutes seules.

Il soulève son chapeau, saute sur la banquette de la carriole et fouette son cheval.

– Viens, Louna, il est temps de commencer à préparer le dîner.

Papa me presse l'épaule et entre dans la maison.

Je regarde la carriole disparaître dans la haie épaisse, puis je ferme les yeux et j'attends que les odeurs de la petite fille et de cet homme bizarre disparaissent.

· 13ᴱ JOUR

Ce soir, la lune est un dragon des airs qui me poursuit jusque chez moi tandis que je cours parmi les arbres. Dans mes livres, les dragons aiment manger les jeunes filles. La dernière fille que j'ai sauvée est attachée à moi par ma cape et dort profondément. Elle a de jolies boucles rousses qui flottent comme des rubans dans l'air nocturne. Je suis le héros qui l'a arrachée aux griffes du dragon. Et pourtant, je compatis avec les deux. Le dragon doit être affamé, mais la fille n'a sûrement pas envie de se faire dévorer. Créature plus forte que les humains, je vais semer le dragon-lune et le lancer sur la piste d'autres proies. Peut-être qu'un bon renard lui conviendrait.

J'évite un autre rayon de lune, puis je m'arrête net près du trou dans la haie qui entoure notre maison.

Qu'est-ce que c'était que ce bruit?

J'attends, retenant mon souffle...

Un cri rauque.

On dirait nos poules. Mais pourquoi seraient-elles réveillées en pleine nuit? Elles ne se lèvent jamais avant le soleil. Je décolle du sol de quelques centimètres en battant des ailes pour pouvoir franchir la haie sans bruit. Je ne sais pas trop pourquoi – ce sont juste des poules, après tout –, mais quelque chose me dit que ça vaut mieux.

Je m'immobilise à l'entrée de notre jardin, bouche bée. La fille que j'ai récupérée hier soir tournicote dans le jardin en titubant et en trébuchant. Les poules à pattes de chèvre lui courent après, en lui piquant les pieds avec leurs becs. Ce sont elles qui font le vacarme terrible que j'ai entendu de la forêt. Les cheveux bruns de la fille fouettent ses épaules et son visage tandis qu'elle évite leurs coups de bec.

Comment a-t-elle fait pour sortir? Il faut que je l'attrape – si elle quitte la sécurité de notre maison, le sorcier risque de la reprendre. Je ne peux pas permettre ça.

Je dénoue ma cape et je pose doucement mon fardeau endormi dans l'herbe.

– Arrête-toi!

Quand elle me voit voler vers elle, la fille ouvre des yeux ronds et se met à crier. Les poules la cernent et l'assaillent. Elle tombe par terre, mais les poules n'arrêtent pas de la picoter. J'essaie de les chasser, mais elles sont tellement déchaînées que moi aussi, elles me donnent des coups de bec. Une goutte de sang perle sur ma main. Je la contemple un moment, puis je me rends compte que la fille qui crie et pleure devant moi est couverte de taches de sang. Je renverse la tête en arrière et je hurle, avec mes griffes dehors et mes yeux de chat.

Les poules s'enfuient.

La fille relève la tête d'entre ses bras. Quelque chose, dans ses yeux d'un bleu acéré, me coupe le souffle. Son regard n'est pas comme celui des autres filles. Il est... plus fort. Féroce. Voilà le mot qui me vient à l'esprit.

Elle se redresse tant bien que mal et court vers la haie.

– Arrête-toi! je crie. Arrête-toi! Tu ne peux pas partir. C'est pour ta sécurité. Le sorcier pourrait te capturer!

Je n'en suis pas sûre, mais que je crois entendre un rire en guise de réponse. Je vole pour me poser en travers de son chemin et je l'immobilise avant qu'elle ait atteint la haie. Elle recule en dérapant, cherchant frénétiquement une autre issue.

– Ne me touche pas, crie-t-elle. Il ne m'aura pas.

– Je suis désolée, mais c'est précisément pour ça que tu dois rester ici.

Ma queue se déploie et lui pique le bras. Papa avait raison; elles ne comprennent jamais ce que nous faisons pour elles. Elle s'écroule, mais je lui pique l'autre bras par précaution. Elle a dû se réveiller tôt pour s'échapper, alors je pense qu'une dose plus forte s'impose jusqu'à ce qu'on puisse l'emmener à Belladoma, où elle sera en sécurité pour de bon.

Je la prends dans mes bras et je la rapporte dans la tour. Son corps est couvert d'égratignures et de coups de bec. Je vais devoir demander un baume cicatrisant à papa. Cette pauvre fille ne savait pas ce qu'elle faisait.

Mais ce que je ne comprends pas, c'est pourquoi les poules-chèvres l'ont attaquée. Qu'a-t-elle fait pour les provoquer?

Je la pose sur un des quatre lits de la chambre dans la tour et je borde une couverture autour de son corps inerte. Quand je redescends dans le jardin, papa est penché sur la dernière fille que j'ai ramenée.

– Ah, te voilà, ma grande. Que s'est-il passé ici?

Papa désigne d'un geste le jardin saccagé et les poules égaillées.

Je fronce les sourcils.

– Je ne sais pas trop. Quand je suis arrivée à la maison, j'ai trouvé la fille d'hier soir en train de courir d'un bout à l'autre du jardin avec les poules qui la poursuivaient en poussant des cris affreux. J'ai dû la piquer... deux fois !

Papa se frotte le menton.

– Hmm. Il va falloir qu'on soit plus prudents. Peut-être que tu devrais leur donner une dose supplémentaire plus souvent, juste par précaution. Porte celle-ci dans la maison. Ensuite, on va devoir rassembler les poules.

– Bien sûr, papa.

Je prends la petite rousse dans mes bras, puis je m'immobilise.

– Pourquoi essayait-elle de s'en aller ?

Il pose une main dans mon dos, entre mes ailes, et me guide vers la tour.

– Elle voulait retourner à Bryre, je pense.

Je fronce les sourcils.

– Mais pourquoi voudrait-elle retourner là où le sorcier la retenait prisonnière ?

Ça semble en contradiction avec ce qu'elle a dit.

– Elle a de la famille là-bas, chérie. Et l'amour d'une famille, ça peut pousser les gens à faire les choses les plus improbables.

Je souris.

– Comme ramener sa fille à la vie ?

– Exactement. Mais en ce qui concerne cette fille, nous devons faire le nécessaire pour la protéger d'elle-même. Elle ne doit pas retourner à Bryre avant que nous ayons mis le sorcier hors d'état de nuire. Nous ne pouvons pas demander aux filles de tout comprendre, mais nous devons les aider quand même.

La poitrine gonflée de fierté, je flotte vers l'étage comme sur un petit nuage. Oui, nous avons un noble objectif. Les humains ne s'en rendent peut-être pas encore compte, mais un jour, ils comprendront tout ce que nous faisons pour eux.

Je couche la fille dans son lit et je la borde comme je l'ai fait pour celle qui s'était échappée. Les bras meurtris de cette dernière me rappellent une autre question qui me tourmente depuis un moment.

– Papa, pourquoi les poules pourraient-elles vouloir l'attaquer ?

Il hausse les épaules.

– Je n'en suis pas certain. Mais je suppose qu'elle a essayé d'escalader la haie près du poulailler. Quelquefois, le meilleur chemin est le moins évident, mais pas dans son cas, malheureusement. Elle a dû leur faire une peur bleue. Elles ont sans doute cru que c'était un renard.

J'écarte une mèche de cheveux bruns emmêlés du visage de la fille qui a tenté de s'enfuir.

– La pauvre. Au moins, les poules nous ont alertés. Je ne serais peut-être pas rentrée aussi vite si je ne les avais pas entendues criailler depuis la forêt.

– Oui, c'est une chance. J'ai bien peur d'avoir le sommeil trop lourd pour mon bien, parfois. Et avec ma vieille carcasse, je ne sors plus aussi vite du lit.

Je lui prends le bras et on redescend l'escalier.

– Ne te fais pas de souci, papa. Je vais tendre l'oreille au cas où elles sonneraient à nouveau l'alarme.

Il me tapote la main.

– Je sais. Je peux toujours compter sur moi, ma chérie.

▪ 17ᴱ JOUR

Je n'ai plus aucun mal à m'introduire dans la ville, désormais. En fermant les paupières, j'en vois le plan détaillé. Je visualise ses tournants et ses virages en relief. Et un point rouge flotte sur cette carte que j'ai en tête.

Le palais. Je ne l'ai pas encore vu de mes propres yeux, mais je sais où il est. Ce soir, je vais y aller. Ensuite, j'irai chercher une autre fille.

Cet après-midi, j'ai lu un conte qui m'a fait penser au palais de Bryre. L'histoire d'une princesse solitaire que ses parents, redoutant un géant, ont enfermée dans une tour pour la protéger. Il semblerait que même les géants ont besoin d'épouses, et celui-ci – une brute vile et cruelle – voulait une princesse. Le roi et la reine ont bâti pour leur fille une tour si haute que le géant ne pouvait pas l'atteindre, mais ils n'ont jamais cessé de craindre qu'il revienne. Elle était parfaitement protégée – et malheureuse – jusqu'au jour où elle a trouvé un moyen de sortir et s'est glissée dans le palais proprement dit pendant un bal masqué. Il y avait un beau prince et des danses et des roses, et naturellement, ils sont tombés amoureux. Ils se sont enfuis pour se marier en secret, mais le soir de leurs noces, son fiancé s'est transformé... en ce fameux géant.

C'est bizarre qu'en croyant se libérer elle se soit jetée sur ce qu'on lui avait toujours appris à craindre et à détester.

Je prends le chemin habituel à travers les rues et les venelles de Bryre avant d'obliquer vers l'ouest. Ce conte titille la partie occultée de ma mémoire, et le mot «palais» m'évoque toutes sortes de choses grandioses. Or, marbre, paons, pièces de monnaie, bijoux. Des images tourbillonnent dans ma tête, presque accessibles. J'ai besoin de voir ça par moi-même.

Je dois faire particulièrement attention de ne pas déranger le roi ou sa cour. Je pense qu'ils n'apprécieraient pas de me surprendre en train de fureter. Mais je serai prudente. Si je me fais prendre, je n'aurai qu'à tous les endormir.

De toute façon, je veux juste voir ça quelques minutes. J'imagine qu'ils ont un jardin magnifique, encore plus grand que celui que papa a créé pour moi. Moi qui adore mes roses toutes simples, les roses royales devraient me ravir!

Je reste dans les coins sombres de ces ruelles que je ne connais pas. Je pourrais neutraliser n'importe quel garde, mais je préfère les éviter. Bientôt, je sens une odeur nouvelle. La ville a un parfum bien à elle, mais ça, c'est une odeur d'humus. Une odeur musquée... Épicée. Sucrée. Parfumée.

Je ne dois plus être loin.

Ma respiration s'accélère. Je hâte le pas.

Quelques instants après, j'aperçois le portail – des torsades de fer forgé qui se dressent vers la cime des arbres. Deux gardes patrouillent dans le périmètre et je pense qu'il y en a d'autres qui attendent dans le pavillon de la garde, à côté. Je fais halte, en restant dans l'ombre. Puis une autre odeur se mêle aux autres : une odeur de pain qui cuit, saupoudré de cannelle.

Le garçon que j'ai vu l'autre jour sentait comme ça. Je m'accroupis pour me fondre dans l'ombre du bâtiment derrière lequel je me cache. Je ferme les yeux et je laisse mes oreilles prendre le relais. Des pas. Des pas qui courent. Le garçon fonce vers moi. Mon cœur s'emballe. Pourquoi viendrait-il ici ?

Il passe à toute allure devant ma cachette et s'arrête au bout de la ruelle, en restant hors de vue des gardes. Il jette des coups d'œil furtifs autour de lui, puis appuie sur deux briques qui s'enfoncent dans le mur. À ma grande surprise, je vois s'ouvrir une porte dérobée et le garçon se glisse à l'intérieur.

La porte commence à se refermer derrière lui, mais je bondis et je la force à se rouvrir suffisamment pour pouvoir entrer à mon tour. Ma curiosité s'aiguise un peu plus à chaque seconde. Il faut que je sache où il va. De chaque côté, les murs sont lisses et je distingue un porte-torche vide devant moi. Je mets mes yeux de chat et je marche vers le bout de ce couloir en pierre sombre sur la pointe des pieds. Il descend un moment, puis remonte subitement. L'étrange impression de reconnaître les lieux me picote la peau.

Soudain prise de vertiges, je m'arrête net et je plaque une main contre la paroi pour retrouver mon équilibre. Dans ma tête, j'entends des rires et des pieds qui martèlent la terre du tunnel. Les ombres de deux silhouettes qui courent rebondissent sur les murs. La scène ne dure qu'un instant, mais laisse en moi un sentiment trouble.

Pour des raisons que je ne saurais expliquer, je suis certaine que ce tunnel mène pile en dessous du portail du palais. Mon cœur tambourine dans ma poitrine. Qui est ce curieux garçon qui est dehors après le couvre-feu et qui a accès à des passages secrets ? Et où ai-je déjà vu un passage comme celui-ci ?

Un bruit de pierre qui grince résonne dans le couloir. Le garçon est sorti du tunnel. Je cours vers l'autre bout et je pousse lentement sur la barrière pour l'ouvrir. Les griffes sorties, je me coule dans la nuit et je me plaque contre le mur de ce que je pense être l'autre côté du pavillon de la garde.

Le parc est immense, chargé des merveilleux arômes que j'ai sentis dans le vent tout à l'heure. Des roses et des fleurs diverses dessinent des arcs-en-ciel géométriques d'un bout à l'autre du jardin. Les tulipes, plantées par rangées, sont fermées pour la nuit, mais les roses trémières et les fleurs de pitaya, qui éclosent le soir, dessinent tout un éventail de jaunes, de roses et de blancs délicats. Je voudrais toutes les toucher et les renifler, les imprimer pour toujours dans ma mémoire, mais maintenant que je ne suis plus seule, je me force à être prudente. Je pourrai peut-être revenir un autre soir et leur consacrer plus de temps.

Un sentier bordé de belles-de-nuit violettes et odorantes mène à un long bâtiment élégant. Sentier et bâtiment sont flanqués l'un et l'autre de buissons taillés dessinant des formes fantastiques de toutes les sortes et de toutes les tailles. Une fille avec une queue de poisson, un torse d'homme sur un corps de cheval, un cheval ailé... Fascinée, j'ouvre des yeux ronds. On dirait les squelettes suspendus dans le laboratoire de papa, mais recouverts d'une chair faite de feuillage. Ce sont des hybrides. Comme moi.

Ils sont magnifiques.

Peut-être qu'un jour, il y aura ici une sculpture qui me représente, pour me remercier d'avoir délivré toutes ces filles prisonnières du sorcier.

Un crissement retentit sur le sentier. Je me concentre de toutes mes forces. Le garçon ouvre une entrée latérale du palais – sans doute une porte réservée aux serviteurs. Je m'approche discrètement, en sautant d'une créature végétale à la suivante pour rester cachée.

Quand j'arrive près de la porte latérale, j'hésite, à l'affût des gardes. Je sens qu'ils sont là, dehors, devant le portail, et qu'ils ignorent qu'un garçon et une fille sont entrés à leur nez et à leur barbe. Pourtant, mon malaise grandissant face à ce palais ne retombe pas. Cette vision étrange, avec sa familiarité déconcertante, n'a fait que le renforcer. Il y a quelque chose qui ne tourne pas rond ici.

J'entre par la porte de service à la suite du garçon. L'air est chargé d'ombres qui couvrent les tapisseries raffinées, sur les murs et dans les alcôves. Si je ne savais pas à quoi m'en tenir, je penserais que je me suis trompée de palais. Celui-ci est désert. Je me concentre sur le bruit des pas de mon guide involontaire et je me glisse dans le couloir de marbre, baigné dans cette obscurité accueillante. Le garçon emprunte un tournant après l'autre comme s'il savait où il va. Je suis perplexe.

Qui est-il? Et que peut-il bien faire ici? Impossible qu'il soit venu admirer le jardin, comme moi, et il n'a pas non plus l'air de cambrioler le palais. Le silence m'indique qu'il ne touche à rien. Il traverse les salles d'un pas assuré. À ma grande surprise, je ne flaire ni n'entends personne d'autre, que les habitants soient endormis ou en train de vaquer à leurs occupations.

Quand le bruit de ses pas s'arrête, je m'avance avec encore plus de prudence. Je dois m'approcher suffisamment pour voir ce qu'il manigance. Sinon, la curiosité va me ronger pendant des jours et des jours. J'arrive devant une porte richement décorée et je jette un coup d'œil de l'autre côté. Deux trônes en marbre gravé se dressent sur une estrade, à un bout de la pièce. Entièrement tapissée de marbre, elle est sombre, malgré les rayons de lune qui filtrent par les hautes fenêtres. J'imagine de longues tables débordant de nourriture et de vin, et des gens magnifiquement vêtus qui rient et dansent devant un roi et une reine majestueux, comme dans l'histoire que j'ai lue cet après-midi.

Ce soir, il n'y a que ce garçon. Et moi, qui l'espionne.

Il s'approche de l'estrade, mais s'agenouille devant la première marche. Des roses décoratives sont gravées dans le marbre. Il appuie sur l'avant-dernière à gauche. Elle s'enfonce et, à ma grande surprise, un tiroir de marbre sort de la base de la marche. Le garçon s'immobilise un instant. Pourvu qu'il ne m'ait pas entendue sursauter! Je retiens mon souffle et je compte jusqu'à dix pour attendre que son inquiétude se dissipe.

Il sort quelque chose de sa cape – un bout de papier – et le place dans le compartiment secret. Quand il le referme, un clic résonne dans la salle. Dans cet espace vide, il paraît beaucoup plus bruyant qu'il ne devrait l'être.

Ce garçon connaît les secrets du palais.

Je m'efface dans mon coin et je couvre mon visage avec ma capuche. Il ne faut pas qu'il me voie. Mais je ne peux pas m'empêcher de jeter un petit coup d'œil.

Le garçon s'en va par un autre passage. Une fois de plus, je m'étonne qu'il n'y ait absolument personne. Les jardins sont bien entretenus, quelqu'un doit forcément habiter ici. Papa n'a jamais dit que la ville n'avait plus de roi. Des doutes m'assaillent, m'enveloppent comme une cape.

Le petit mot que le garçon a déposé va peut-être élucider ce mystère. Tandis que ses pas s'éloignent, je quitte mon coin d'ombre et je traverse l'immense salle de bal sur la pointe des pieds pour rejoindre l'estrade et les trônes.

Un petit sourire s'étire lentement sur mon visage. Je n'avais encore jamais vu d'endroit comme celui-ci. En tout cas, je n'en ai pas le souvenir. Je me demande si la fille que j'étais avant est déjà venue dans ce palais. Ça pourrait expliquer le sentiment étrange que j'ai eu dans le tunnel. Me plaisait-il autant que maintenant ? Les ombres, le marbre et le clair de lune créent un ensemble extraordinaire. Et le jardin !

Mais je dois me concentrer. Si je me trompe et que cet endroit n'est pas aussi désert que je le pense, on pourrait me surprendre. Je me dépêche de reproduire les gestes que le garçon a faits pour ouvrir le tiroir de la première marche. Quand il sort, je saisis le papier.

Davantage de filles malades. R. soupçonne le sorcier. Va rester où il est. Renforcer la garde.

Mon cœur s'emballe. Ce garçon a déposé un message... à propos de ma mission ! Je m'assieds sur les marches et je le relis encore et encore, jusqu'à ce que je sois capable d'en réciter chaque mot par cœur. Papa voudra être informé. Si ce garçon a fait tant d'efforts pour cacher ce papier, il doit être important.

Il reste une question : à qui remet-il ce message dans un palais désert ?

Je passe un doigt griffu sur les veines du marbre des marches, quand je suis prise de vertiges. Je vois des taches lumineuses. Un rire d'enfant résonne à mes oreilles et, à la place du clair de lune, ce sont des rayons de soleil qui inondent le sol. Une petite fille aux cheveux dorés tourbillonne devant mes yeux, comme si on dansait ensemble. Elle fait la révérence, et ma vision se dissipe.

Je range le papier dans sa cachette et je remets le panneau en place avec des mains tremblantes. Que fait cette enfant dans ma tête ? Qui est-ce ? Et pourquoi cet étrange besoin de la protéger continue-t-il à me pincer la poitrine ?

La lune est plus haute dans le ciel – il commence à se faire tard. Je dois délivrer une fille et retourner auprès de papa avant l'aube. Je rebrousse chemin à travers les salles en songeant que des gardes risquent de me tomber dessus d'une seconde à l'autre.

Mais sans les pas du mystérieux garçon pour me guider, je prends un mauvais tournant et je me retrouve dans un long et large couloir. Aussi loin que je puisse voir dans l'obscurité, de grands portraits s'alignent de guingois sur les murs. Craquelées, certaines dalles en marbre se redressent et forment un sol inégal, comme si quelque créature avait tenté de passer à travers pour sortir de terre. Je suis parcourue de frissons quand je m'aperçois que des racines noueuses et noires ont aussi percé des trous dans les murs. Elles rampent vers le sol, laissant des pans entiers réduits à des tas de décombres.

Que s'est-il passé ici ?

Quoi que ce soit, ça doit être une des raisons pour lesquelles le palais semble abandonné.

Prise d'un irrésistible désir de fuir, je traverse les salles dans l'autre sens le plus vite possible. Enfin, je retrouve le jardin avec ses fleurs et ses buissons merveilleux. J'essaie de rouvrir l'accès au tunnel là où le garçon en est sorti, mais tous mes efforts sont inutiles. Le mur du pavillon de la garde ne bouge pas. C'est tellement rageant ! J'observe avec patience la patrouille des gardes et, quand ils sont hors de vue, je saute par-dessus le mur d'enceinte du palais. Je me mets à courir vers la prison et je suis presque arrivée à la fontaine aux angelots quand une voix m'appelle :

– Hé ! Toi, là-bas !

Je trébuche en découvrant le garçon à un carrefour. Heureusement, ma queue est enroulée autour de ma cuisse et ne sort pas. La peur saisit chaque muscle de mon corps et me cloue sur place pendant un long moment de supplice.

Ses yeux marron se radoucissent et s'écarquillent de surprise. Je suis contente d'avoir eu la présence d'esprit de mettre mes yeux bleus. Des boucles châtain en désordre encadrent son visage, lui donnant un air farouche.

Mon instinct prend le relais et je m'élance sur la route, pour m'éloigner du garçon. Il ne doit pas me voir. Il ne doit pas me parler. Papa va être furieux.

– Attends ! lance-t-il.

J'entends ses pieds marteler le sol quand il se lance à ma poursuite, mais je suis beaucoup plus rapide que lui. Je contourne la fontaine la première et je file dans une ruelle inconnue. Ce garçon, si intrigant soit-il, ne doit pas savoir où je vais. Pour autant que je sache, il pourrait travailler avec le sorcier.

Une fois que ses pas ont cessé de résonner derrière moi, je m'adosse contre une maison pour reprendre mon souffle. À cause de l'adrénaline, j'ai les jambes en coton. Je devrais être plus prudente. Et s'il m'avait vue sortir du palais ?

Je vais me reposer quelques minutes de plus, histoire d'être sûre qu'il est parti. Ensuite, et seulement ensuite, je reprendrai ma mission.

▪ 18ᴱ JOUR

Quand je me réveille sur le sol de la tour, papa attend, dans le fauteuil du coin, m'examinant avec attention. La fille, en tas inerte, est toujours sur le lit où je l'ai déposée hier soir. J'ai attendu longtemps avant d'aller la chercher, et j'étais tellement épuisée que j'ai dû m'endormir dès que je l'ai couchée.

– Quelque chose te trouble, ma chérie, dit papa.

Les joues en feu, je vais m'asseoir sur le bord d'un lit. Mes rêves ont été hantés par des images de l'étrange garçon et par cette obsédante vision d'une petite fille blonde. Papa lit dans mes pensées les plus secrètes.

– Un garçon, dis-je en redoutant sa colère. Il m'a vue sur le chemin de la prison. Il m'a crié de m'arrêter.

Papa me saisit le bras.

– Quoi ? Comment est-ce que tu as pu laisser quelqu'un te voir ? Tu lui as parlé ?

Je frémis.

– Je me suis sauvée. Je me suis cachée. Il ne m'a pas rattrapée.

La tension dans les épaules de papa se relâche.

– C'est bien. Tu es certaine qu'il ne t'a pas suivie jusqu'à la prison ?

– Absolument certaine.

– Il faut être prudente, Louna. Si quelqu'un d'autre découvrait la prison secrète, il serait en danger aussi. Il n'y a que toi qui puisses entrer et sortir sans encombre.

La honte me noue le ventre. Pour je ne sais quelle raison, je n'aime pas l'idée que ce garçon se fasse attraper par le sorcier. Je chasse ces étranges sentiments pendant que papa fait les cent pas dans la pièce. Il se tapote le menton avec l'index comme il le fait souvent quand il réfléchit très fort à quelque chose.

– Ce que je ne comprends pas, c'est pourquoi ce garçon était dehors après le couvre-feu. L'ordre du roi n'admet aucune exception.

Je m'empourpre.

– J'ai peut-être une explication, mais elle me paraît absurde.

Papa s'immobilise, les yeux écarquillés.

– Eh bien vas-y, mon enfant, parle.

Je me tords les mains. Curieusement, elles sont moites.

– Je ne suis pas sûre que le roi soit toujours au pouvoir.

– Quoi ?

L'expression de papa me donne envie de glousser. Un mélange de confusion et de crainte avec une note de joie. Tant de contradictions en deux secondes à peine.

– Le palais est désert.

– Comment tu le sais, dis-moi ? chuchote-t-il.

– Je suis désolée, papa, mais j'avais besoin de le voir de mes propres yeux. Tous les contes de fées tournent autour d'un palais, alors une fois que tu m'as parlé de notre ville, je n'ai pas pu m'empêcher d'y aller. Mais il n'y avait personne là-bas. À part ce garçon.

Je fronce les sourcils en songeant combien ça risque de contrarier papa. Je regrette de ne pas avoir tenu ma langue.

– Personne ? Comment ça, personne ?

– Les seuls gardes se trouvaient devant le portail, je n'ai pas entendu la respiration profonde de gens qui dorment... Une des salles semblait même en train de s'effondrer. Ce garçon connaissait des passages secrets pour entrer et sortir.

Mes mains frissonnent quand le malaise de la nuit précédente me reprend. J'entrecroise mes doigts.

– Qu'a fait ce garçon dans le palais ?

– C'était très bizarre. Je l'ai suivi jusqu'à la salle du trône et je l'ai vu ouvrir un pan de l'escalier de l'estrade. Il a caché un message dedans et il est parti en courant.

Je souris.

– Mais je suis rusée. J'ai lu son message, puis je l'ai remis en place. Personne ne le saura.

– Qu'est-ce que ça disait ?

Papa parle d'une voix assourdie et semble avoir du mal à déglutir.

– Le sens m'échappe. Ça disait : « Davantage de filles malades. R. soupçonne le sorcier. Va rester où il est. Renforcer la garde. »

Papa a les mains tremblantes, mais il éclate de rire, me faisant sursauter.

– Il est en fuite. Le roi est en fuite et se sert d'un gamin pour transmettre ses messages à sa place. Pas étonnant que le conseil municipal continue de pénétrer dans le palais en grande pompe tous les jours. Ils n'y vont que pour récupérer des messages, pas pour se réunir avec le roi.

Il soupire et passe une main dans ses cheveux argentés.

– Lou, notre roi est un énorme imbécile. Si tu arrives à intercepter ses messages, il n'a aucun espoir de les cacher au sorcier. Il pourrait aussi bien les déposer devant sa porte. Et dire qu'il envoie un gamin ! Après le couvre-feu ! Comme si personne n'allait le remarquer.

Je suis contente que ma découverte l'amuse.

– Le roi doit craindre ce sorcier.

– C'est sûr.

Papa prend un air grave.

– Le sorcier a sacrifié sa fille, à lui aussi. La princesse héritière.

J'inspire vivement.

– Oh, la pauvre.

J'imagine une fille richement vêtue en train de dépérir dans la prison, sous le joug du sorcier. Ça me brise le cœur. D'une certaine façon, ça me rappelle ce conte de fées sur la princesse dans sa tour.

– ... Je regrette de ne pas avoir été ressuscitée à temps pour la sauver.

Papa pose une main sur ma joue.

– Tu aurais fait ça très bien, en plus, j'en suis sûr. Mais on ne peut libérer que celles qui restent. Pleurer celles qu'on a perdues n'aidera pas celles qu'on peut encore sauver.

J'ai de la chance d'avoir un père si sage, si bon. Ça me donne du courage.

– Papa, est-ce qu'il y avait une autre fille chez nous ? Une petite blonde avec qui j'aurais joué ?

Je n'arrive pas à dissimuler le tremblement dans ma voix.

– Une autre fille ? Non, ma chérie. Tu es mon seul enfant. Nous avons vécu à Bryre, mais brièvement, et après, il n'y avait que toi, ta maman et moi ici, dans notre maison.

Maman. Encore ce mot. Chaque fois que je l'entends, le vide en moi s'agrandit. Je ne sais pas ce qu'il en est de la magie, mais les mots, en tout cas, c'est puissant.

– Pourquoi tu me poses cette question ? demande papa.

– C'est encore un fragment de souvenir. J'aurais pu jurer qu'il y avait une petite fille.

– Peut-être que tu t'es souvenue de ton reflet un jour où tu t'es regardée dans le miroir, ou d'une amie que tu t'étais faite quand nous vivions à Bryre.

– Oui, ça doit être ça. Quand est-ce que je pourrai me lancer à la poursuite du sorcier ? Je veux l'anéantir.

Les vestiges de mes souvenirs éclatés sont peut-être tout ce que j'ai pour me rappeler celle que j'étais avant, mais je sais qui je suis aujourd'hui.

Le bras qui va détruire le sorcier. Chaque jour, je l'accepte avec un peu plus d'enthousiasme.

– Quand le jour sera venu, mon enfant. Pour le moment, je le cherche encore. Lui et le roi sont bien cachés, on dirait ; l'un de l'autre, et de moi.

– Je sais que tu vas le trouver.

Si quelqu'un en est capable, c'est bien papa. J'espère juste que ce sera bientôt.

Je volette dans les bois au clair de lune, le cœur lourd. Même s'il n'est plus en colère, les paroles de papa résonnent toujours à mes oreilles.

« Comment as-tu pu laisser quelqu'un te voir ? »

Comment ai-je pu, en effet ? Je ne l'ai pas fait exprès, mais je n'ai pas vu beaucoup d'humains à part papa et ce garçon. J'ai dû l'observer trop longtemps, dans le palais, et attirer son attention d'une manière ou d'une autre. Il ne m'aurait pas remarquée et suivie, sinon. Ma curiosité nous perdra.

Notre mission est trop importante pour que je la mette en péril. Je dois chasser ce garçon de mon esprit. D'après papa, c'est la seule solution. Je n'en vois pas d'autre.

Alors pourquoi ai-je le pouls qui s'emballe et le souffle plus court que d'habitude ?

Je m'arrête en bordure de l'enceinte de la ville pour voir s'il y a des gardes, puis je saute sur le chemin de ronde, au sommet. J'inspire à fond, humant le divin parfum de rose qui émane des fleurs nocturnes, en dessous.

Même si je ne l'ai vu qu'un instant, ce visage est gravé dans mon cœur. Il a des traits différents de ceux de papa. Plus jeunes. Et... beaux. Oui, c'est ça le mot. *Beau*. Et son expression, un mélange de stupeur et d'autre chose, que je n'arrive pas à identifier. Peut-être que personne n'avait regardé de cette façon celle que j'étais avant et que je n'ai pas de mot pour qualifier ça dans mon vocabulaire.

Mais je dois oublier ce garçon. Je ne le connais pas, et papa est certain qu'il va nous causer des problèmes. Nous faire échouer. Ou pire : peut-être qu'il est au service du sorcier. Pourquoi serait-il sorti après le couvre-feu pour aller rôder dans le palais, sinon ? Oui, ce garçon ne mijote rien de bon, c'est sûr.

Mes pensées reviennent à la prison pleine de filles qui souffrent. Je saute sur le sol et je cours si vite dans les ruelles que c'est comme si je volais.

Je ralentis en arrivant sur la place à la fontaine. Cette fois, je reste sur mes gardes quand je débarque dans cet endroit exposé. Je me glisse d'une ombre à l'autre, laissant une plume ou deux sur les murs de pierre rugueux. La fraîcheur bienvenue passe à travers mes ailes et ma cape pour atteindre mes muscles contractés et ma peau en feu. Une odeur familière flotte sur la place – une odeur de pain en train de cuire. Une rougeur envahit mon cou en patchwork et je mets mes yeux de chat. Avant que j'aie eu le temps de balayer toute la place du regard, le garçon débouche de derrière une colonne et s'approche de la fontaine. Les effluves de pain se renforcent.

Je me fige et je remets mes yeux humains. Je me concentre de toutes mes forces pour me fondre dans la pénombre qui m'entoure.

Quand le garçon arrive devant la fontaine, il s'arrête et pose je ne sais quoi sur la margelle. Un objet invisible derrière les angelots joueurs. Ma gorge se serre. Je suis prise au piège. Si je bouge d'un cheveu, il me verra.

Le garçon jette quelque chose dans la fontaine, puis passe un doigt dans l'eau. Il lève la tête et – stupeur – croise mon regard sans frémir et me fait un clin d'œil. Avant que j'aie pu retrouver mes esprits, il s'incline, puis file en courant dans sa ruelle habituelle.

Tous mes instincts sont en alerte. Est-ce un piège ? Qu'a-t-il laissé sur le bord de la fontaine ? Comment a-t-il su que j'étais là ? Je maudis ma stupidité. Malgré mes efforts, je n'ai pas été assez prudente. Je ne suis pas capable d'accomplir la mission pour laquelle papa m'a créée.

Je suis une ratée.

Je ferme les yeux et j'écoute les bruits de la nuit en reniflant la brise pour m'assurer que le garçon est vraiment parti. L'écho de ses pas et son odeur bien reconnaissable s'estompent à mesure qu'il s'éloigne de moi.

J'expire lentement. Il m'a vue. Comme il se comporte bizarrement !

Qu'a-t-il déposé sur la fontaine ? Ma curiosité se réveille, trop puissante pour que je lui résiste. Il faut que je le sache.

Je quitte le refuge de l'ombre et je fais le tour de la fontaine. Les angelots m'éclaboussent gaiement au passage.

Là, sur la margelle, je trouve une sublime rose rouge. Son odeur a dû se mêler à celle des autres roses des alentours, me la cachant jusqu'à maintenant.

Le garçon qui sent le pain et la cannelle m'a laissé une rose.

Je la prends délicatement à cause des épines. J'approche les pétales écarlates de mon nez. Ça me chatouille, mais l'odeur est divine. La rougeur de mon cou monte jusqu'au sommet de mon crâne.

J'aime bien cette fleur. J'aime bien ce garçon. Jamais un complice du sorcier ne m'aurait fait un cadeau pareil. Si ? Il faut que je pose la question à papa, mais une part de moi y répugne. Et s'il pensait que la fleur a été ensorcelée ? Et s'il m'obligeait à m'en débarrasser ? Je veux la garder, la sentir et la contempler le temps qu'elle durera.

C'est la chose la plus ravissante que j'aie jamais vue. Ce garçon l'a laissée là pour moi. Elle m'appartient. Je ne devrais pas avoir à y renoncer.

Je vais peut-être attendre demain matin pour en parler à papa. Ce soir, elle est juste pour moi.

Un sourire s'étire sur mon visage et je trempe la main dans l'eau, troublant l'image des pièces qui brillent au fond. Je me demande à quoi elles servent. Papa saura me le dire.

Je glisse la rose dans ma natte épaisse et je me hâte de gagner la prison.

Ce soir, deux nouveaux gardes sont postés dehors, et je suis obligée de faire le tour. J'observe attentivement leur patrouille et je chronomètre mes déplacements pour échapper à leur vigilance.

Sur le toit, je ne mets pas longtemps à soulever les bardeaux. Il y a plus d'ombres que d'habitude à monter la garde dans la chambre des filles. J'en compte au moins cinq ce soir. Je vide le flacon de somnifère et je regarde les nuages de poudre envelopper les corps affalés dans la pièce – ceux des filles comme ceux des gardes. Bientôt, ils sont tous endormis et je peux m'atteler à la tâche.

J'ai élaboré un système pour décider quelle fille prendre chaque soir. Je vais d'un lit au suivant, dans l'ordre de la rangée. C'est plus juste et ça demande moins de réflexion.

Elles commencent à me troubler, ces filles. Même si je suis contente de ne plus être une enfant impuissante, je regrette quelquefois de ne pas me rappeler comment c'était d'être complètement humaine. D'avoir une vie plus simple, sans toutes ces obligations, et sans les étranges tiraillements impulsifs d'un instinct animal.

Une vie où je pouvais rencontrer un garçon qui m'offre des roses près d'une fontaine sans craindre les conséquences.

En prenant dans mes bras la fille du lit voulu, je m'aperçois qu'une autre enfant a déjà pris la place de celle que j'ai emportée la nuit dernière. Les lits de la prison sont tous de nouveau occupés. Bouche bée, je la regarde un peu trop longtemps et j'entends le crissement de la porte d'entrée qui s'ouvre, en bas. Les gardes postés dehors reviennent pour la relève, comme ils le font toutes les deux heures.

Mon instinct prend le relais. Je m'échappe entre les chevrons.

À peine arrivée dans la forêt, de l'autre côté de l'enceinte, je m'envole vers la maison en espérant que l'air nocturne dissipe ma crainte : ai-je fait tous ces efforts pour sauver les filles de Bryre et vaincre le sorcier en vain ?

■ 21ᴱ JOUR

Allongée sur mon lit, les bras nus, je laisse le soleil matinal réchauffer ma peau marbrée. Je me tends vers sa chaleur et je souris en me souvenant du trésor secret que j'ai glissé sous mon oreiller. J'y plonge la main pour récupérer ma dernière rose. Depuis quelques jours, le garçon m'en laisse une à la fontaine chaque soir. Les pétales de celle-ci sont aplatis, mais son odeur persiste. Je l'approche de mon nez et je repense au garçon.

Cheveux bruns, yeux bruns. Tout en lui évoque la chaleur. Rien que penser à lui me réchauffe.

Il est bizarre, cela dit. Chaque soir, je le suis jusqu'au palais, en restant cachée dans l'ombre, pendant qu'il se glisse à l'intérieur et cache un message dans la salle du trône. Je les mémorise tous, et quand j'arrive à la fontaine, une rose m'attend.

J'ai été extraordinairement prudente et le garçon ne m'a plus repérée. Mais il sait que je suis là, dehors, puisqu'il continue de déposer des roses pour moi.

Les messages sont presque aussi étranges que le garçon. Papa en est ravi, mais moi, je n'arrive pas à les décoder, pour le moment.

La maladie se répand. Amener D. à la première base.
Deux gardes ont déserté, besoin d'autres recrues.

– Louna ! appelle papa.

Je remets vite la fleur dans sa cachette. Je ne veux pas lui parler des roses. Il ne serait pas content qu'un garçon dépose des cadeaux pour moi.

– J'arrive !

Je saute dans mes vêtements. Papa compte sur moi pour nourrir les poules dans le jardin tous les matins et je suis un peu en retard. Leurs sabots grattent la terre avec impatience.

Je vole jusqu'à la cuisine et je prends le seau de nourriture. Il se remplit toujours pendant la nuit, mais je ne vois jamais papa le faire. Un jour, il faudra que je lui demande où on range la nourriture au cas où je me réveillerais la première.

Quand je verse le grain au milieu des poules, elles se mettent à caqueter bruyamment et s'agitent d'une façon ridicule. Des plumes viennent consteller le jardin – dans l'herbe, la rosée et les rayons de soleil. Je ne peux pas m'empêcher de rire. J'adore ces poules. Et leurs œufs. Il faudra que j'en ramasse quelques-uns après avoir donné à boire à mes roses.

Pippa s'amuse à creuser le sol, au fond du jardin, pendant que j'arrose les rosiers rouges, rose clair et rose foncé. Elle a compris qu'il ne faut pas courir après les poules pendant qu'elles mangent, même s'il aura fallu beaucoup de coups de bec et de sang pour y parvenir.

Elle gémit devant quelque chose qui est logé dans la terre et qu'elle tape avec la patte. Puis elle gratte avec encore plus de détermination. Je m'interromps dans ma tâche pour voir ce qu'elle a découvert. Elle creuse si frénétiquement qu'elle envoie de la terre dans tous les sens, alors j'y vois à peine dans le trou qu'elle est en train de faire. J'écarte Pippa d'une bourrade.

– Vilaine Pippa! Vilaine! je grogne, persuadée qu'elle a détruit mes beaux rosiers.

Le moirrier recule, la queue basse, mais continue à gémir.

– Va-t'en! Ouste!

Un gros paquet de racines de cette extrémité du jardin ont été arrachées. Je soupire en remettant la terre dessus, prête à dévorer Pippa tellement je suis furieuse.

Puis je m'arrête.

Il y a autre chose dans le sol. Prise de frissons, je tends la main entre les racines tordues et je tombe sur quelque chose de dur et ferme. Je tire, mais ça ne vient pas. Je tire plus fort, et je tombe dans le tas de terre que Pippa a laissé derrière elle, avec l'étrange objet à la main.

Sauf qu'il n'est pas étrange. Je sais précisément ce que c'est.

Un os.

Il est long et blanc, et il ressemble au bras de la sirène suspendue dans le laboratoire de la tour. Curieuse, je le mets à côté de mon avant-bras – il a presque la même taille. Qu'est-ce que ça faisait sous mes rosiers?

Je gratte dans la terre, à quatre pattes. Je creuse autour des racines jusqu'à sentir d'autres os sous mes doigts. J'enlève la terre, révélant une cage thoracique, puis un autre morceau de bras.

Je continue à creuser, si bien que ma robe finit maculée de terre humide, puis je me redresse pour étudier ma découverte.

C'est un squelette, et il me rappelle bel et bien les créatures de papa. Le haut paraît humain, mais le bas évoque une version plus grande des pattes de chèvres naines dont papa se sert pour faire des poules, avec les sabots et tout. Il ne manque qu'une seule chose.

Sa tête.

Malgré la chaleur du soleil, j'ai la chair de poule. J'ai l'impression que mes tripes grouillent de ces vers qui se tortillent dans la terre, et qu'elles me chuchotent que c'est anormal. Un squelette sans tête n'est pas à sa place sous ma roseraie.

Il y a quelque chose qui ne va pas.

Je retourne en hâte vers la maison, mais le panier à œufs vide posé devant la porte m'arrête dans mon élan. Papa aura besoin de ses œufs pour le petit déjeuner. Il m'attend. Je vole jusqu'au poulailler et j'en prends quelques-uns aussi vite que possible.

Papa se repose près du poêle. L'eau de la casserole bout déjà. J'y jette les œufs, je grogne pour chasser Pippa du fauteuil voisin du sien et je m'assieds. Il me fait une bise sur la joue et ouvre des yeux ronds en voyant mon état.

– Bonjour, ma chérie. Qu'est-ce que tu as fabriqué ?

J'essuie mes mains sales sur ma robe.

– Ce n'est pas moi, papa. C'est Pippa.

Il se baisse pour lui gratter la tête.

– Qu'est-ce qu'elle a encore fait ?

Je cure mes ongles terreux en fronçant les sourcils.

– Elle creusait dans mon jardin. Au début, j'ai cru qu'elle allait juste détruire mes roses, mais elle a trouvé quelque chose.

Mes frissons me reprennent, mais je hausse les épaules.

– C'était un squelette. On aurait dit une de ces créatures qu'il y a dans ton laboratoire.

Le visage de papa se radoucit.

– Ma chérie, je suis vraiment désolé. Je ne pensais pas que tu trouverais ça. Oui, un faune a été enterré près de ton jardin. C'était...

Il détourne les yeux un instant.

– ... un ami proche. Parmi les hybrides que je connaissais, il a été la première victime de l'inlassable quête de pouvoir du sorcier. Je l'ai enterré ici, il y a quelque temps, et j'ai planté des rosiers sur sa tombe. À la fois pour lui rendre hommage et pour empêcher que d'autres se servent de ses os.

– Mais... où est sa tête ?

– Le sorcier l'a prise comme trophée. Mais je me console en me disant que j'ai réussi à sauver le reste de sa dépouille.

Il pousse un gros soupir et se radosse au fond de son fauteuil.

Mon pauvre papa. Comme il a souffert ! Je jette les bras autour de son cou. Si seulement je pouvais chasser sa tristesse avec mes câlins ! Il me serre à son tour contre lui, puis me repose sur mon fauteuil et époussette sa chemise terreuse.

– J'ai vu que tu avais encore eu une soirée fructueuse, dit-il.

Des traces de chagrin subsistent dans son regard.

– Elle est réveillée, ça y est ?

Si papa veut changer de sujet, je n'insisterai pas. Je ne supporte pas de le voir malheureux.

Il secoue la tête.

– Non, elle dort encore. Nous passerons voir comment elle va à midi.

La fille que j'ai délivrée hier soir avait de ravissantes boucles noires. Ses cheveux ressemblent beaucoup aux miens, et je suis décidée à me coiffer comme elle. Ils encadraient si joliment son air endormi. Peut-être que ça plairait à ce garçon, du moment que le reste de ma personne est caché sous ma cape.

Papa ouvre un livre pendant qu'on attend que nos œufs cuisent. Tandis qu'ils tressautent dans l'eau bouillante, je lui jette quelques coups d'œil en biais. Son livre est en cuir usé et il y a un dragon gravé sur la couverture. De toutes les créatures que j'ai étudiées, ce sont celles qui me fascinent le plus.

– C'est un livre sur les dragons, papa? J'aurai le droit de le lire, moi aussi? je demande avec espoir.

Il lève le nez de sa lecture.

– Ce n'est pas un livre pour toi, malheureusement. Tu le trouverais un peu rébarbatif. Il n'y a pas d'histoires, c'est juste pour se documenter.

Je fronce les sourcils.

– Sur quoi tu te documentes?

– Les dragons, et leurs migrations au fil des années. Comme je te l'ai dit, il n'y a pas d'histoires là-dedans.

Déçue, je change de sujet pour en aborder un qui me préoccupe depuis plusieurs jours.

– Papa?

Il me regarde du coin de l'œil.

– Oui?

– Est-ce que je lui ressemble?

Il fronce les sourcils.

– À qui?

– Ta fille. Celle qui était humaine.

Il referme son livre et ôte ses lunettes.

– Oh, ma chérie, tu es exactement comme elle parce que tu *es* elle. Tu penses comme elle, tu parles comme elle et même tu bouges comme elle.

– Et physiquement, est-ce que je lui ressemble un peu? Arnaud avait l'air tellement surpris en me voyant l'autre jour que je me posais la question.

Papa sourit.

– Oui, un peu. Il a fallu remplacer une grande partie de ton visage et de ton crâne, mais tu as ses yeux. La couleur de tes cheveux est différente, mais je t'avoue qu'elle me plaît encore plus.

J'entortille une longue boucle noire autour de mon doigt et je regarde la façon dont elle réfléchit la lumière par endroits.

– Ils étaient de quelle couleur avant?

– Dorés comme le soleil. Maintenant, tu as les cheveux noirs comme la nuit. C'est drôlement approprié, non?

Mon souffle se coince dans ma gorge.

– Est-ce qu'un jour je pourrai me promener dans Bryre en plein jour sans cape, comme autrefois?

– Pourquoi voudrais-tu faire une chose pareille?

Je me tords les mains sur ma jupe.

– Je voudrais en savoir plus sur les gens qui vivent là-bas. Tu m'as dit que je les adorais, avant. Je veux voir la ville quand le soleil brille sur les fontaines et les fleurs et...

Il m'interrompt d'un geste.

– Non. Tu es un hybride. Tu ne te promèneras jamais parmi les humains. Il vaut mieux que tu n'en aies même pas envie.

La honte me brûle le visage. Parce que j'en ai envie, malgré ce que papa semble espérer. J'apprécie ce que j'ai gagné dans ma nouvelle vie, mais hybride ou pas, je ne peux pas m'empêcher de vouloir connaître ce que j'ai perdu.

– Pourquoi tu penses du mal d'eux ? Tu n'es pas humain, toi aussi ?

– Bien sûr. Mais pas toi. Je te l'ai déjà dit, ils craignent ce qu'ils ne comprennent pas, et une fille avec des ailes, une queue, des griffes et des yeux de chat, ça les terroriserait.

Il prend mon menton entre ses mains tandis que des larmes se forment aux coins de mes yeux.

– Ils t'attaqueraient, c'est certain, et ça, je ne le supporterais pas.

Je fixe mes mains crispées. Il ne peut pas avoir raison à propos de tous ces gens. Ça ne peut pas être vrai de ce garçon. Il dépose des roses pour moi. Il a envie de me connaître.

– Ils ne sont sûrement pas tous méchants. Je suis en partie humaine, moi aussi.

– Tu as raison, ma chérie, ils ne sont pas tous méchants. La plupart de ces gens t'attaqueraient par peur. Même si tu en trouvais un ou deux qui n'ont pas peur de toi, ils seraient dépassés par les autres.

– Qu'est-ce que tu veux dire ?

Papa soupire.

– Je vais être bien clair. Si les humains découvrent ce que tu es, ils te tueront. Puis ils me traqueront à mon tour et me tueront pour me punir de t'avoir créée. Quiconque sera surpris à compatir avec toi sera assassiné aussi.

Mon corps entier se glace.

– Ils sont si cruels que ça ?

– Oui. Ils n'ont aucun scrupule. Reste aussi loin d'eux que possible.

Il rouvre son livre, puis le referme à demi pour m'examiner.

– Tu n'as pas revu ce garçon, si ?

Il plisse les yeux. Je n'ose pas affronter son regard, alors je mens :

– Non. Je ne l'ai pas revu.

Satisfait, il se replonge dans son livre et on attend que notre petit déjeuner finisse de cuire.

Il n'y a plus de doute : je suis obligée de cacher les roses à papa. Ce qu'il vient de me dire me déchire les entrailles. Je n'arrive pas à imaginer que sa théorie puisse être vraie pour ce garçon. Et si les humains m'attrapaient, je pourrais me défendre. C'est pour ça que papa m'a donné ces griffes pour me battre, cette queue pour endormir et ces ailes pour m'enfuir.

Je veux toujours faire plaisir à papa, mais désormais, ce n'est plus la seule chose que je désire.

Je veux aussi revoir ce garçon.

• 24ᴱ JOUR

Dans mes livres, il y a toujours un prince, et il tombe toujours sur la damoiselle dans les endroits les plus inattendus. En voletant entre les rayons de soleil qui filtrent à travers la forêt, je ne peux pas m'empêcher de me demander si je vais rencontrer mon prince ici, comme ça. Ce garçon s'aventure-t-il parfois dans cette forêt ? Une créature dans mon genre peut-elle seulement avoir son prince à elle ?

Peut-être y a-t-il quelque part un autre hybride comme moi. Ou peut-être que papa pourrait me fabriquer un prince.

Quand j'atteins la rivière sinueuse qui longe la lisière de nos bois, le soleil me sourit de là-haut, dans le ciel. D'habitude, j'adore les jours comme celui-ci ; dans la forêt, tout est baigné de chaleur, et je peux m'en gorger. Mais aujourd'hui, mes pensées agitées planent au-dessus de moi comme une ombre.

Bien sûr, c'est la première fois que je sors flâner sans une mission confiée par mon père. Il est parti voir un marché, m'a-t-il dit, à la recherche d'ingrédients dont il a besoin pour ses expériences. Il sera de retour d'ici le crépuscule ;

l'après-midi m'appartient. Et ce que je désire plus que tout, c'est lire au bord de la rivière. Je m'installe sur un affleurement rocheux qui scintille au soleil, et j'ouvre mon livre.

Une sorte de jappement me dérange. Je tends l'oreille ; j'ai l'ouïe fine. Je grimace quand le bruit s'approche.

Pippa.

Ce maudit moirrier m'a suivie.

Elle déboule du feuillage et dérape quand elle s'arrête, lorgnant avec méfiance le rocher sur lequel je suis perchée. Elle gronde.

Je lui tire la langue.

– Il n'y a pas assez de place pour toi ici, de toute façon.

Elle fait les cent pas quelques minutes, sans interrompre le grondement qui monte de sa gorge minuscule, et finit par se rouler en boule près d'un bouquet de fougères, à une dizaine de mètres.

Je m'installe sur mon siège, un creux juste à ma taille dans le rocher, et je laisse les histoires dessiner des images dans ma tête.

Dans celle-ci, la fille du meunier est amoureuse du plus jeune fils du roi. La région est infestée de trolls et de diablotins, et des sorciers font des pactes, arrachant des promesses que personne ne peut tenir. Même si le prince est beau et courageux, et la fille jolie, ça ne finit pas bien.

Un seul coup d'œil à la peau multicolore de mon bras, ajouté au poids de ma queue enroulée autour de ma jambe, me rappelle combien je suis différente des filles de ces contes et de celles que je sauve chaque nuit. Papa dit que je suis parfaite, mais un prince serait-il d'accord s'il savait de quoi je suis faite ? M'apprécierait-il pour l'utilité des différentes parties de mon corps, ou pour ce que j'éprouve au fond de mon cœur? Ou ne verrait-il en moi qu'un trophée à occire comme les monstres de l'histoire?

Mes contes de fées n'ont pas apporté le moindre éclairage sur ce sujet.

Papa me les a donnés pour m'instruire sur le comportement des hommes et leur foule de coutumes étranges. Et sur la fourberie des sorciers. Dans mes livres, ils ne se battent jamais à la loyale. Je dois être préparée lorsque je me retrouverai face à face avec mon sorcier malfaisant.

Le soleil a parcouru une longue distance dans le ciel. Je dois partir bientôt pour être sûre que papa n'arrivera pas à la maison avant moi. Il ne considérerait peut-être pas cette escapade d'un bon œil.

Mais je ne suis pas encore tout à fait prête à quitter cet endroit. Je m'étire sur le rocher et je contemple le ciel bleu à travers l'entrelacs de feuilles d'un arbre courbé au-dessus de moi. Tout est ensoleillé, lumineux. Je pourrais rester là jusqu'à la fin de mes jours.

Même le rocher sur lequel je suis perchée est chaud.

Et il bouge.

Avant d'avoir pu retrouver mes esprits, je me fais éjecter et je roule jusqu'au pied d'un gros chêne. Je me relève lentement, tâchant de comprendre ce que j'ai devant moi, sous les jappements furieux de Pippa.

Le rocher a un visage. Et des pieds.

Et des dents.

Il se déroule vers moi, se redresse pour devenir une bête énorme.

Un dragon.

Je sors mes griffes, et mon cœur tremble contre ma cage thoracique. Chaque centimètre de ma peau est en feu.

Cette créature sort tout droit de mes contes de fées. Je croyais que les dragons avaient quitté Bryre et ses environs depuis longtemps. Mais ce que j'ai pris pour du granit brillant au soleil, c'étaient en fait des écailles luisantes. Elles réfléchissent les rayons du soleil dans toutes les directions, donnant à la bête une aura lumineuse. Deux bosses de pierre s'ouvrent en cillant et des yeux jaune clair me regardent. Des ailes, au moins cinq fois plus grandes que les miennes, se déplient et se mettent à battre, créant des vagues à contre-courant sur la rivière.

Sa tête descend en piqué vers moi et les yeux m'examinent. Il cligne une fois, deux fois des paupières. Je fais mon possible pour éviter de respirer. Le dragon pourrait m'avaler d'une seule bouchée sans hésitation. Et il aurait toujours aussi faim.

Pippa jappe une dernière fois, puis tourne les talons et file dans la forêt. Le dragon ne lui accorde pas une once d'attention.

Le nez géant renifle l'air, puis se presse contre mes côtes et inspire. Le sang afflue vers ma tête, tous mes instincts sont en alerte. Mais l'instinct ne sert à rien dans ce genre de cas. Le dragon m'attraperait avant que je m'envole et il est hors de question que je me batte.

Le dragon souffle une rafale d'air humide sur moi.

Tu as une odeur bizarre.

Bouche bée, je regarde la bête. Comment cette voix est-elle entrée dans ma tête? Est-ce qu'il vient de me parler?

Je renifle l'air; l'odeur du dragon me fait penser aux profondeurs de la forêt après une grosse averse. C'est une odeur sombre, une odeur d'humidité. Mais avec une note métallique.

– T... toi aussi, tu as une odeur bizarre, je réponds dans un murmure.

La tête se redresse au-dessus des épaules semblables à de la pierre, au-dessus des arbres, et s'ouvre pour laisser échapper un son qui évoque un éboulement rocheux.

Est-ce qu'il... Est-ce qu'il rigole?

La tête revient et les yeux clairs se braquent de nouveau sur moi.

Qu'est-ce que tu es?

Ma trachée s'est réduite à la taille du chas d'une aiguille, mais je parviens à couiner :

– Je m'appelle Louna.

Ah, « Lune ». Je vois. Une créature de la nuit... Moitié humaine, moitié oiseau, c'est ça?

– Et serpent, j'ajoute en déroulant timidement ma queue de reptile.

La tête s'éloigne, puis se rapproche lentement.

Ma sœur.

Un curieux sentiment m'assaille. Du soulagement, comme si une longue quête s'achevait. Mais je ne crois pas que ce sentiment m'appartienne. Il vient du dragon.

Je te cherchais. C'est ton étrange odeur qui m'a attiré.

– Pourquoi?

Je ne comprends pas en quoi je pourrais intéresser un dragon. Mais je n'arrive pas à me débarrasser du sentiment que j'ai reçu de lui. Il y a quelque chose d'autre qui se mêle au soulagement. Quelque chose que je ressens aussi.

– Tu te sens seul.

La tête géante acquiesce, faisant miroiter ses écailles. Il est terriblement beau, même s'il me bloque contre cet arbre.

Il n'en reste pas beaucoup d'autres comme moi.

La bouche produit un horrible sifflement.

À cause des sorciers.

La haine m'assaille. Ce sentiment-là, il est déjà en moi, celui de la créature ne fait que l'amplifier. Un grondement s'échappe de ma bouche.

La tête s'incline.

Toi aussi, tu les hais ?

– Plus que tout.

Alors on doit se protéger l'un l'autre, ma sœur.

Quand je l'entends à nouveau, ce mot me réchauffe la poitrine.

– Contre le sorcier ?

Il siffle encore une fois.

Oui. Ils nous prennent notre sang, ils nous prennent notre magie.

Des frissons me parcourent les jambes. Papa me l'a signalé, que le sang des dragons est utilisé pour fabriquer des potions. Quelle horreur de faire une chose pareille à un être vivant !

– Je vais tuer le sorcier. C'est ma mission.

Tu es vraiment particulière.

Si je ne savais pas à quoi m'en tenir, je jurerais que le dragon a haussé un sourcil.

– Merci.

Je m'interromps en m'apercevant que je ne sais pas quel nom lui donner.

– Comment tu t'appelles ?

Tu peux m'appeler Batou.

– Batou, je répète, testant ce mot à voix haute. Ça te va bien.

Sa gueule s'ouvre en grand dans ce qui, j'espère, est un sourire.

Toi et moi, nous sommes très semblables, ma sœur.

Oui, nous sommes semblables. Seuls et redoutés. Et nous détestons tous les deux le sorcier avec la même férocité.

Il n'y a qu'une seule façon de se protéger l'un l'autre.

Le dragon s'accroupit de nouveau, mais il arrive toujours à la hauteur de la cime des arbres.

– Dis-moi ce que c'est. Je le ferai.

Je suis attirée par cette créature majestueuse qui me dit que nous sommes parents, et qui a elle aussi souffert aux mains de sorciers. Papa m'approuverait sûrement – il a fait son possible pour protéger de nombreux hybrides. La protection d'un dragon est une cause tout aussi noble.

Un pacte de sang. Ensemble, nous serons plus forts.

Batou perce le bout de sa patte avant avec une griffe. Du sang d'un bleu irisé perle entre les écailles. Je fais pareil avec ma main, mais la douleur m'arrache un cri. Mon sang est rouge et ne scintille pas comme celui du dragon. Je suis un peu déçue.

Batou lève son énorme patte.

Pose ta main sur la mienne, et quand nos sangs se mêleront, ce sera fait.

Je ne comprends pas comment ça peut nous protéger, mais je ne connais pas grand-chose aux mœurs des dragons. J'avoue que je suis surtout soulagée qu'il ne veuille pas me manger.

Malgré tout, cette créature éveille en moi quelque chose de primitif, un besoin qui affleure tout juste à la surface de ma conscience.

Je pose la main dans sa patte. Le sang bleu qui en dégouline est épais et froid, mais quand il rencontre le mien, quelque chose change. Des fourmillements me picotent la main et se diffusent par vagues dans mes bras, ma queue et tout mon corps.

Pour notre protection, chacun de nous doit garder le secret sur l'autre.

Troublée par la douleur tenace, j'arrache ma main, les sourcils froncés.

– Tu veux dire qu'on ne doit en parler à personne ?

L'énorme tête acquiesce.

– Absolument personne ?

Je ne suis pas sûre de pouvoir cacher un secret pareil à mon père.

Personne !

La véhémence de cette pensée me pousse brutalement contre l'arbre. J'insiste d'un ton suppliant :

– Permets-moi au moins de le dire à mon père !

Personne, répète le dragon, toujours par télépathie, mais avec plus de douceur cette fois.

– Mais on lutte contre le sorcier. Tu le détestes, toi aussi. Si on unit nos forces à tous, on arrivera certainement à le battre. Tu es énorme !

L'œil le plus proche cligne lentement.

La taille et la force ne sont pas toujours liées. Mais oui, à une époque, j'aurais pu battre le sorcier.

– Et pourquoi pas maintenant ?

Il a tué trop de mes frères et sœurs. C'étaient eux les plus forts.

– Mais comment tu le sais si tu n'as jamais essayé ? Tu n'es peut-être pas seul. Comme tu l'as dit : ensemble, nous serons plus forts.

Je ne peux pas faire de promesse en ce qui concerne les sorciers.

Il s'interrompt, son gigantesque visage de pierre en suspension au-dessus de ma tête, et inspire à fond. Les yeux clairs s'embrasent et se réduisent à deux fentes.

Je dois partir.

– Attends! Comment je vais faire pour te retrouver?

J'espère que je ne l'ai pas trop énervé en lui demandant la permission de parler de lui à papa. Maintenant que je suis tombée sur cette étrange créature, il faut à tout prix que je la revoie.

La prochaine fois que tu es dans les bois, viens à la rivière et je te trouverai. Au revoir, ma sœur.

Le dragon se replie sur lui-même, reprenant la forme de rocher qui m'a trompée tout à l'heure. Sa peau ressemble bel et bien à du granit brut.

Du moins jusqu'à ce qu'elle se mette à scintiller au soleil et disparaisse à ma vue.

L'énorme bête s'est évaporée. Je teste l'air à l'endroit où il était il y a quelques instants : rien du tout. Que du vide.

Et ce vide emplit ma poitrine aussi, désormais. J'aimais bien ce dragon. Il était différent et il était puissant – comme moi. Il m'appelait «ma sœur». Jusqu'à présent, je n'avais jamais eu grand-chose en commun avec qui que ce soit. Sauf papa.

Maintenant, je suis liée par un pacte de sang avec une créature plus extraordinaire que tout ce que j'aurais pu imaginer à partir des illustrations de mes livres.

Mais où est-il passé? Comment a-t-il fait pour disparaître? Et, plus important encore, quand pourrai-je le revoir?

Je traverse la forêt à pas lourds tandis que le crépuscule approche. Je dois rentrer à la maison avant papa, mais au fond, j'ai un peu peur. C'est déjà assez mal comme ça de ne pas lui avoir parlé du garçon et de ses roses. Alors lui cacher l'existence d'un véritable dragon vivant ? Impensable ! D'autant qu'il pourrait devenir un allié dans notre lutte contre le sorcier.

Pourtant, à l'idée d'en parler à papa alors que le dragon était si sérieux – et si sévère –, je sens mes entrailles se tordre. La prochaine fois que je verrai Batou, je ferai mon possible pour le convaincre de m'autoriser à le dire à papa. À nous trois, nous pourrions certainement débarrasser Bryre du sorcier.

Peut-être que ce ne serait pas si grave que ça que j'en parle à papa avant ? Il saurait quoi faire, lui, et il pourrait peut-être m'expliquer ce que c'est que ce pacte de sang. Mais si je lui dis que j'ai rencontré un dragon, je devrai aussi avouer que j'ai quitté la sécurité de la maison en plein jour sans sa permission. Je pourrais peut-être trouver une autre façon d'aborder le sujet.

Je protégerai le dragon par tous les moyens, même si je ne peux pas lui garantir mon silence.

Mon malaise m'emplit la poitrine et me comprime la gorge tandis que le mot « sœur » rebondit dans ma tête. Je n'avais jamais eu de frère ou de sœur avant. Je pense que jusqu'à présent, je ne me rendais pas compte à quel point ça me manquait. Confidences et réconfort : voilà ce que m'évoque le mot « sœur ». Je me demande si le dragon voit les sœurs de la même façon.

Mes oreilles se dressent. Sur le sentier, derrière moi, des pas écrasent les feuilles à un rythme régulier. Je saute dans les branches de l'arbre le plus proche. Je sens l'odeur de papa avant de le voir. J'ai une boule dans la gorge. Je ne veux pas qu'il découvre que je suis sortie sans sa permission. Je saute dans le vide et je vole vers chez nous. La haie n'est pas loin ; quelques minutes plus tard, je cours dans la maison.

Si j'arrive à retrouver mon souffle avant son arrivée, il ne le saura jamais. Pippa jappe quand je m'installe dans son fauteuil préféré. Je sors le livre que je lisais au bord de la rivière et je survole les chapitres, espérant en trouver un avec des dragons.

Je veux tout savoir sur eux.

La porte de la maison s'ouvre en grinçant quand papa entre. Il renifle, puis penche la tête dans ma direction.

– Tu n'as pas encore commencé à préparer le dîner ?

Zut, j'avais complètement oublié ! La marmite où je devais faire mijoter notre ragoût de légumes, suspendue dans la cheminée, est vide. Honteuse, je ferme mon bouquin ; je dois reporter ma lecture à plus tard.

– Pardonne-moi, je me suis laissé absorber par le livre que tu m'as donné.

Je le brandis en souriant ; j'ai pris soin de mettre mes yeux bleus.

– Ce n'est pas grave, mon enfant, nous dînerons un peu plus tard que d'habitude, ce soir. J'ai mangé une bricole au marché, de toute façon. Sois gentille, épluche les carottes, d'accord ?

Lorsque je remets le livre à sa place sur l'étagère, papa s'arrête et me fixe avec stupeur.

– Où est-ce que tu es allée, chérie ?

Une rougeur brûlante monte des boulons de mon cou.

– Qu'est-ce que tu veux dire ? J'étais ici, bien sûr.

Le mensonge laisse un goût amer sur ma langue.

– Ta jupe et tes pieds sont couverts de boue!

Pour ne rien arranger, Pippa me renifle puis bat en retraite, la queue entre les jambes, quand elle voit comment je la regarde.

– Je… J'ai dû me salir en arrosant mes rosiers.

Mon cœur et mes pensées s'emballent, même si c'est ma bouche bredouillante qui fait tout le travail.

– J'ai dû rêvasser. Je ne l'avais même pas remarqué!

Je ris de ma prétendue sottise, persuadée que mon rougissement va me trahir.

Papa secoue la tête.

– Eh bien, ma chérie, tu laisses des traces de boue partout sur le plancher. Je vais m'occuper du ragoût pendant que tu fais un peu de toilette. Un dîner boueux, ce ne serait pas très bon!

Il m'embrasse sur le front. C'est fou qu'il ne sente pas la chaleur de ma peau.

Il me croit. Je lui ai menti et il ne met même pas mes paroles en doute. C'est presque pire que de lui cacher des choses.

Je gagne la salle d'eau en hâte et je me nettoie de mon mieux. Quand je retourne dans la cuisine avec une robe bleu foncé et des chaussons en cuir noir – sans terre –, papa a préparé le ragoût, qui bouillonne sur le feu. Cet arôme tiède me fait culpabiliser. J'aurais dû rentrer plus tôt et préparer le dîner pour papa. Il a marché au moins la moitié de la journée. Il doit être éreinté.

– Assieds-toi, papa, s'il te plaît, dis-je en chassant Pippa de son fauteuil.

En grondant, elle en descend et se glisse dessous.

– … Je vais touiller le ragoût.

Il me fait un sourire chaleureux. Je me sens encore plus mal.

– Oh, merci, Lou. D'accord.

Il gratouille les oreilles de Pippa, puis s'installe dans son fauteuil. J'approche le mien du feu et je touille notre dîner de temps en temps.

– Tu as trouvé ce que tu cherchais au marché ?

Tout en le questionnant, je me creuse la tête. Je cherche un moyen d'évoquer le dragon sans avoir à admettre que j'ai quitté notre jardin.

– Une partie, oui.

Il tapote le bras de son fauteuil.

– Il y a d'autres choses qui sont plus difficiles à trouver. Plus rares.

– Comme quoi ?

Il a le projet de sortir plus souvent, maintenant que je suis devenue autonome, et ses expéditions me rendent infiniment curieuse.

– Eh bien, j'ai trouvé la queue de tarente et les graines d'aubépine, de frêne et de sorbier dont j'avais besoin. Ce sont des ingrédients clés pour créer des hybrides. Et on ne sait jamais : on pourrait avoir besoin d'autres poules.

Effectivement, nos poules donnent tout juste assez d'œufs pour nous nourrir, papa et moi.

– Je pourrai t'accompagner la prochaine fois ?

Il s'esclaffe.

– Non, j'ai peur que non, et tu sais très bien pourquoi.

Je fais la grimace.

– Eux non plus, ils n'aiment pas les hybrides ?

– Non. Il y a une raison si les hybrides – les centaures, les faunes et les sirènes – restent toujours entre eux. Ceux qui ont survécu se cachent, à présent.

– Comme les dragons, j'ajoute.

– Oui, s'il en reste encore.

J'ouvre la bouche pour tout lui dire, mais l'étrange sensation de tout à l'heure revient en force, écrabouillant mes cordes vocales. Des aiguilles invisibles me piquent la peau. Je ne peux rien faire d'autre qu'ouvrir et fermer les mâchoires, et puis tousser.

La terreur s'insinue entre les écailles de ma queue et se glisse jusqu'à ma colonne vertébrale. Je pouvais m'exprimer sans difficultés il y a quelques secondes, mais maintenant, quand j'essaie de parler du dragon, je n'arrive pas à prononcer un seul mot.

En réponse, j'ai cette sensation qui se dresse comme une créature vivante. Est-il possible que ce soit de la magie ? Le dragon a-t-il pu m'ensorceler par ce pacte de sang ?

Batou m'a peut-être appelée « ma sœur », mais il ne me faisait pas confiance. Mon cœur se serre ; j'allais le dire à papa. Je suppose que le dragon a eu raison. Je vais devoir lui demander d'annuler ce charme.

Je mélange la soupe un peu trop fort et du bouillon éclabousse le feu.

– Et qu'est-ce que tu n'as pas trouvé ?

Quel soulagement ! Ma voix est revenue, maintenant que j'ai renoncé à l'idée de parler du dragon à papa.

Avec un soupir, il entremêle ses doigts devant son ventre. Il jette un regard endormi au ragoût que je suis en train de touiller.

– Des larmes.

– Quoi ?

Des larmes. J'en ai vu. Les filles qui passent chez nous pleurent tout le temps. Je voudrais bien pouvoir les consoler, leur expliquer ce que nous sommes en train de faire.

Mais papa ne veut pas que je leur parle. Juste que je les délivre et que je m'arrange pour qu'elles restent endormies le plus longtemps possible.

– Elles ont des propriétés extraordinaires quand elles ont été versées par des créatures extraordinaires. J'ai fini mes réserves pour te créer.

Un frisson descend dans ma colonne vertébrale.

– Tu as utilisé des larmes pour me créer?

– Oui, il y a une étincelle de vie dedans. Chaque fois qu'on pleure, on meurt un peu. Une minuscule part de notre vie s'en va avec cette goutte. Il m'en a fallu beaucoup pour te ressusciter.

– Mais les gens de ce pays sont tout le temps tristes. Ça ne peut pas être difficile de trouver des larmes.

Il a les yeux qui se ferment, mais il parvient quand même à glousser.

– Les larmes humaines, ça se trouve par litres. Celles que je cherche sont spéciales.

– Comment ça? Ce sont des larmes de quoi?

Il bâille à s'en décrocher la mâchoire et, sous son fauteuil, Pippa fait pareil. Pendant un instant, je crois qu'il n'a pas entendu ma question.

– De dragons.

Ma main se fige au-dessus de la marmite. Pas étonnant qu'elles soient rares.

Ça me trouble profondément. Pour obtenir des larmes de dragons, il faudrait les faire pleurer. Je n'aime pas l'idée qu'on puisse faire pleurer des dragons exprès.

Et je ne sais pas quoi penser du fait que papa en a utilisé pour me ressusciter.

Finalement, je suis contente de ne pas avoir pu parler de mon dragon de roche à papa.

▪ 29ᴱ JOUR

J e saute sur le mur d'enceinte de la ville. Ma peau me picote, tellement je suis excitée. Chaque soir, le garçon a déposé une rose près de la fontaine. Les fleurs vivent désormais dans ma chambre, entre les pages d'un livre, et des images du garçon et de ses yeux chaleureux m'accompagnent partout où je vais. Lorsque je chasse quelque chose à manger pour papa et moi, j'ai le sentiment qu'il m'observe. Lorsque je plane au-dessus de la haie, il est là, dans le ciel, comme moi. Dans le jardin que j'aimerais lui montrer, il n'y a pas moyen d'échapper à son ombre.

Pendant toute la journée, j'attends le moment où je pourrai retourner en ville et l'apercevoir. Et j'espère une nouvelle rose.

Je le soupçonne de les chiper dans le jardin du palais quand il y va pour déposer un message dans la salle du trône. Je le suis de loin, puis je me faufile dans le palais une fois qu'il est hors de vue, de peur qu'il ne me surprenne. Si cela se produisait, je ne pense pas qu'il continuerait à laisser des roses pour moi. Je ne veux pas prendre ce risque.

Je regrette que papa m'ait interdit de parler avec les humains. Quelquefois, j'ai l'impression d'être cette princesse de mon livre, enfermée dans une tour – séparée du monde. Mais ce garçon a aiguisé ma curiosité ; j'ai presque désespérément envie de le connaître. Il a des liens avec le roi. Je peux au moins déduire ça des messages que j'intercepte. Est-il un prince ou un serviteur ? Ou encore autre chose que je ne sais pas encore nommer ?

Devant son message d'hier soir, papa a secoué la tête.

Le sorcier a encore échappé aux gardes. Amener D. à la deuxième base.

Qu'est-ce que « D. », et qu'est-ce que la deuxième base ? Papa m'a dit qu'il ne connaissait pas la réponse quand je lui ai demandé ce que ça signifiait, mais son regard s'est perdu dans le vague.

Les ruelles sinueuses et les bâtiments aux volets clos défilent tandis que je vole vers la place à la fontaine. De temps en temps, des bribes de conversation me parviennent par une fenêtre ouverte. Ce n'est que lorsque j'entends un nom familier que j'interromps ma rapide progression.

– Ce Barnabas ! J'ai toujours pensé que le roi était stupide de lui accorder la moindre confiance. Il a juré à tout le monde qu'il pouvait nous débarrasser de cette menace et maintenant, on est revenus à la case départ, fait une voix féminine.

Je m'attarde devant la fenêtre, par laquelle je vois deux femmes en train de faire la vaisselle. *Barnabas.* Arnaud a appelé papa par ce nom. Est-il possible qu'elles parlent de lui ?

L'autre femme ricane.

– Il paraît qu'il a exigé des choses insensées de la part du roi. Marta dit qu'il est sorti du palais comme une bombe, en ressassant des histoires délirantes de premiers-nés et de promesses non tenues. Il est dingue, c'est sûr. Malgré tout, il a eu la bonne idée de partir quand tout allait bien. S'il était encore dans le coin, je parie qu'on dirait que c'est à cause de lui si toutes nos filles tombent malades.

La première femme agite une énorme louche sous le nez de son amie.

– Il n'a pas intérêt à revenir. Les gens comme lui ne sont plus les bienvenus par chez nous.

Je me tapis contre le mur de la maison. Est-il possible que leur Barnabas soit le même que le mien ? Papa s'est-il disputé avec le roi ? Il ne m'a jamais dit qu'il le connaissait. Mais bon, je ne lui ai jamais posé la question. Je vais y remédier d'urgence.

Je retourne sans bruit dans la ruelle, mais je vole plus lentement qu'avant. Je n'aime pas entendre des gens parler de papa ainsi. Il est gentil et bon, mais elles parlaient de lui comme si c'était un hurluberlu ayant déserté une ville qui avait besoin de lui. Peut-être qu'il s'agissait d'un autre Barnabas.

Un nœud au creux de mon ventre me dit que non. Comment était la vie de papa avant ma mort ? Avant qu'il me ressucite ? A-t-il prévenu le roi qu'il ne fallait pas conclure de marché avec le sorcier ? A-t-il essayé de se servir de sa science pour mettre le sorcier hors d'état de nuire ? Ce serait bien son genre. En plus, je n'étais pas encore là pour l'aider, à ce moment-là. Je ne sais pas grand-chose à part que c'est un père aimant, un scientifique génial et un homme qui s'est donné une noble mission.

Ce que je sais me suffit. Papa pourra tout m'expliquer. Ces femmes ne faisaient que colporter des ragots. Et les ragots sont souvent faux.

Et puis si papa a des secrets, il n'est pas le seul. Je ne lui ai toujours pas parlé du dragon de roche. Mon sentiment de culpabilité s'est cristallisé pour devenir une pointe dure dans mon ventre, mais je ne peux pas sortir du silence. Je suis physiquement incapable d'émettre un seul son quand je me mets en tête de lui parler de Batou.

Désormais, chaque fois que papa entre dans une pièce alors que je suis en train de lire un de mes livres de contes de fées, je sursaute. À vrai dire, je n'y ai pas appris grand-chose. Mes livres ont tendance à montrer les dragons sous un jour négatif, mais je suis certaine que mon dragon de roche n'est pas de ceux qui détruiraient un village ou mangeraient des jeunes filles sans défense.

Non, Batou est différent.

Il me considère comme une sœur. Chaque fois que je prononce ce mot à voix haute, quelque chose se met à vrombir dans mon cœur et me fait vibrer jusqu'au bout des doigts. Nous sommes liés, maintenant, le dragon et moi, et pas seulement par notre pacte de sang.

On se cache tous les deux dans les coins sombres du monde, on reste en marge en rêvant du soleil. Le dragon sait ce que c'est d'être craint et détesté comme les habitants de la ville me détesteraient s'ils me découvraient.

Peut-être que les dragons sont juste des incompris.

Je continue à marcher vers la fontaine d'un pas moins guilleret. Papa et le dragon devront attendre l'un et l'autre. Si le garçon a le même emploi du temps que la semaine dernière, il ne devrait pas tarder. Ma peau marbrée devient rose à certains endroits et rouge à d'autres. Je resserre ma cape. Il n'a pas besoin de voir les couleurs étranges dont mon corps est constitué. D'ailleurs, le garçon n'a pas besoin de me voir du tout.

Lorsque j'entends le bruit d'éclaboussures de la fontaine, je m'arrête. La prudence est de mise, ce soir comme tous les soirs. Je m'approche discrètement de la fontaine, j'en fais le tour pour voir si le garçon est arrivé avant moi et m'a laissé une autre fleur.

– Toi ! fait une voix douce dans l'ombre.

D'un bond, je fais volte-face, tournant le dos à la fontaine. Ma queue est crispée et enroulée si serré autour de ma cuisse que mes orteils commencent à s'engourdir. Je dois me concentrer pour empêcher mes griffes de sortir.

Le garçon sort de la ruelle à moins de trois mètres de moi, et franchit la distance qui nous sépare. Mon souffle devient saccadé, comme si une boule empêchait l'air de passer. Est-ce une réaction normale pour une fille surprise par un garçon ? Tout en moi me hurle que oui.

Pas un mot ne se forme sur mes lèvres. Il s'approche, main tendue, paume vers le ciel. Son autre main reste derrière son dos, mais je sais déjà qu'il tient une rose. Je reconnais l'odeur de celles que je cache dans ma chambre.

– S'il te plaît, ne te sauve pas cette fois, dit-il.

Sa voix a une tonalité agréable, avec une légère note rauque. Chaque mot me donne des frissons dans le dos. J'aime assez.

Ça ne plairait pas à papa, en revanche. Il serait furieux que je reste plantée là, à dévisager ce garçon inconnu qui s'aventure dehors après le couvre-feu et à m'enflammer au milieu de la nuit.

Je fais un pas en arrière. La fontaine est mon refuge.

– S'il te plaît, je veux juste te parler.

Il s'avance tout doucement.

Je me mords la langue et je force mes pieds à rester à leur place. Je brûle de lui parler, mais mon instinct me crie de m'enfuir. De partir le plus loin possible de ce jeune humain parfaitement réveillé et parfaitement conscient. Avec les filles, c'est différent. L'idée de s'approcher de moi ne leur effleure jamais l'esprit. Elles ne s'imaginent même pas qu'on puisse en avoir envie.

Il fait un pas de plus. Il est si près qu'il pourrait tendre la main pour me donner la rose en personne.

– Comment tu t'appelles ? demande-t-il.

Je pince les lèvres et je secoue la tête. Papa ne voudrait pas que je le lui dise. Ça pourrait être dangereux. Je ne peux pas courir le risque qu'il découvre le plan de papa. Ou ce que je suis.

– Moi, je m'appelle Ben.

Il pointe le doigt vers sa poitrine. Je garde le silence. J'ai la gorge si sèche que même si je le voulais, je ne pourrais pas parler.

– Je ne t'avais jamais vue en ville avant l'autre soir.

Il s'interrompt, les sourcils froncés. Fait un pas de plus.

– ... Mais j'ai l'impression de te connaître.

Et encore un autre. L'odeur de pain en train de cuire assaille mes narines, plus forte que jamais. J'ai envie de fermer les yeux et de la renifler, mais il n'en est pas question. Je n'ai pas encore décidé si c'est un ami ou un ennemi.

Encore un pas et nous ne serons plus qu'à quelques centimètres l'un de l'autre. Mes mains frémissent sous ma cape. Mes griffes brûlent de sortir. Mes genoux fléchissent malgré moi, prêts à me propulser dans les airs à la moindre provocation.

Il sort la main qu'il cachait derrière son dos et me tend la rose en faisant le dernier pas.

Je ne peux pas me retenir : je recule précipitamment, en m'agrippant au rebord de la fontaine. De l'eau m'éclabousse les doigts, mais ne parvient pas à rafraîchir ma peau en feu.

Il lève les deux mains, sans lâcher la rose. Elle est rouge. Elle est parfaite.

– Ne te sauve pas. S'il te plaît. Tu sais parler ?

En retenant mon souffle, j'examine les pétales de la rose. Une goutte d'eau de la fontaine tombe sur l'un d'eux et roule dessus, laissant une trace rouge foncé derrière elle.

Je me rends compte que je suis sur le point de le laisser s'approcher. Et puis quoi ? Qu'a-t-il l'intention de faire après ? La panique monte dans ma poitrine quand il franchit l'espace qui nous sépare.

Mon instinct prend le relais. Ma queue se dégage de sous ma cape et pique Ben à la jambe. Son sourire vacille, puis disparaît tandis que son regard se perd dans le vide. Il chancelle. Je le rattrape avant que sa tête heurte le rebord de la fontaine.

Impossible d'ignorer que Ben est dans mes bras, qu'il est évanoui et que c'est ma faute. Je presse la main sur sa poitrine – son cœur palpite contre ma paume. Il va se réveiller, comme ça arrive toujours avec les filles, mais voir ce garçon inerte de si près m'affecte différemment. Je les délivre, elles, alors que lui, je l'ai rendu vulnérable. Des voleurs pourraient le découvrir. Ou pire, le sorcier.

J'ai eu tort. Il faut que je me contrôle mieux. Je n'ai rien à craindre de Ben. Je dégage la rose de sa main et je la glisse dans ma natte. Puis je prends le garçon dans mes bras et je me dirige vers le palais. Il sera en sécurité dans le jardin jusqu'à son réveil, demain.

Je m'arrête dans l'allée, juste derrière le pavillon de la garde, et j'appuie sur les deux briques qui ouvrent le passage secret. Je m'enfonce en hâte dans le tunnel et, quelques minutes plus tard, je sors dans le jardin éclairé par la lune. Ben ne bouge pas d'un cil. Son immobilité m'inquiète, mais sa poitrine se soulève et retombe au rythme de sa respiration. Rassurée, je l'installe sur un banc en marbre sculpté à côté d'un rosier couvert de jolies fleurs. Avant d'avoir eu le temps de me raviser, je suis le contour de sa mâchoire avec la main. Je veux graver chaque trait de son visage dans ma mémoire.

Les autres soirs, j'ai juste senti sa présence ou entrevu sa silhouette ; cette fois, c'est différent. Il a la peau brunie par le soleil et, avant qu'il s'endorme, j'ai vu que ses yeux sont aussi généreux que la terre de notre jardin. Il a les cheveux de la même teinte, mais balayés de quelques mèches couleur soleil.

Il ne faut pas que je le revoie. C'était dangereux. Trop dangereux. Je ne peux pas confier cet incident à papa.

En me rasseyant sur mes talons, j'admire une fois de plus la beauté de ce jardin. Tandis que je contemple les roses, le monde s'estompe. Les rosiers sont toujours là, mais baignés de lumière sous le soleil de midi. Un homme me les décrit. Il a les cheveux bruns et un port de tête majestueux. Il a des yeux bleus si bienveillants que j'ai aussitôt confiance en lui. D'ailleurs, dans cette vision, je suis envahie par un sentiment d'immense gratitude.

– Je sais combien tu aimes les roses, dit l'homme.

Le soleil se réfléchit dans les gouttes de rosée accrochées aux pétales des roses, ce qui leur donne un air magique. Ce souvenir est si net que je tends la main, mais il disparaît à une vitesse stupéfiante.

Il n'y a plus que moi, Ben et les fleurs silencieuses dans le clair de lune.

Je mets quelques instants à retrouver mes esprits. Suis-je déjà venue dans ce jardin? Le décor que j'ai vu dans mon esprit semblait pratiquement identique, jusqu'au portail en fer forgé. Je crois volontiers que je l'adorais et je ne serais pas surprise de m'être liée d'amitié avec un jardinier dans une vie antérieure.

Malgré tout, je n'arrive pas à me débarrasser de l'impression que cet homme était plus que ça. Et ça me trouble. Ces visions ou ces souvenirs – je ne sais pas bien ce que c'est – me tombent dessus de manière totalement inattendue, et pourtant, papa n'y apparaît jamais. Ai-je juste oublié tous mes souvenirs de lui? Je me sens encore plus mal. Il a sans doute remarqué, quand je lui décris les fragments que mon cerveau libère, qu'il n'est pas dedans.

Je ne devrais peut-être plus le peiner en les lui racontant. Mais désormais, je suis terriblement curieuse de savoir comment j'ai bien pu me retrouver dans le jardin du palais.

Je le quitte en courant et je me dirige droit vers la prison. Ces derniers jours, le sorcier a posté deux gardes à l'extérieur en plus de ceux qu'il a mis à l'intérieur du bâtiment. Ils font des rondes autour de la prison toutes les demi-heures. Le sorcier sait que quelqu'un lui prend ses jeunes prisonnières.

Il ne doit jamais découvrir qui.

Je passe d'ombre en ombre jusqu'à ce que je sois dans un coin invisible pour les gardes, puis je vole vers le toit. Entre ma cape et l'obscurité, ils ne m'ont encore jamais vue. Je déplace quelques bardeaux et je saute dans la charpente. Je n'ai pas commis une nouvelle fois l'erreur d'entrer par la mauvaise salle comme la première nuit, mais les gardes ont pigé le truc. Depuis mon perchoir sur une poutre en hauteur, j'en vois quatre installés dans les coins de la pièce, en dessous de moi.

Ne se rendent-ils pas compte qu'ils ne sont pas de taille à lutter contre moi? Ou alors, est-ce parce que le sorcier les a envoûtés qu'ils sont si décidés à me mettre des bâtons dans les roues? Peut-être que seuls les quelques gardes qui restent ont envie d'essayer.

Je dégage un flacon de ma ceinture et je le jette entre eux. Un des gardes est penché au-dessus d'une fille, et lève les yeux quand je saute sur le sol. Il essaie de crier, mais ne laisse échapper qu'un murmure étranglé. Les autres s'affaissent sur leurs chaises dès que la brume assaille leurs sens.

La fille la plus proche succombe au sommeil et se retourne en toussant. Elle est toute menue, avec une méchante rougeur dans le cou, mais elle me plaît bien quand même. Ce soir, c'est elle que je vais sauver.

▪ 30ᴱ JOUR

Je passe par mon jardin pour cueillir deux roses mouchetées de gouttes de rosée scintillante, puis je file droit vers la tour. J'espère que les filles les aimeront autant que moi, même si elles n'ont pas fait grand-chose d'autre que dormir et trembler devant moi. Au moins, les roses égaieront leur chambre. J'ouvre la porte de la salle de la tour et je dispose les fleurs dans le petit vase que j'ai installé sur une table d'appoint. Aux fenêtres, la lumière entre à flots à travers les rideaux, illuminant deux silhouettes endormies avec leurs couvertures remontées jusqu'aux oreilles... et un lit vide.

Je me fige. Il n'y a que deux filles ici. Celle d'hier soir a disparu. Je dévale l'escalier, le cœur battant.

Le sorcier nous a trouvés.

Mais pourquoi n'en aurait-il emporté qu'une ?

– Papa ! Papa !

Je dois m'assurer qu'il va bien. Je dois l'informer immédiatement de la disparition de cette fille.

Il sort de la maison, le visage plissé par la surprise et l'inquiétude.

– Qu'y a-t-il, Lou ? Qu'est-ce qui ne va pas ?

Je me pose devant lui et je me jette à son cou.

– Papa, la fille que j'ai délivrée hier soir. Elle a disparu!

Il me tapote le dos, pile entre les ailes.

– Ah, j'espérais te croiser avant que tu ailles dans la tour.

Il me détache de son cou et me tient à bout de bras. Mes larmes brouillent sa silhouette, muée en coulures argentées.

– ... J'ai bien peur que cette fille n'ait pas tenu le coup.

– Qu'est-ce que tu veux dire?

Il m'entraîne à l'intérieur de la maison et me fait asseoir près du feu.

– Louna, le sorcier est très puissant. Cette fille était déjà si malade, avait déjà tellement souffert entre ses mains. Elle n'a pas survécu à cette nuit.

Un frisson glacé m'engourdit de la tête aux pieds. Je murmure :

– Elle est morte?

Il acquiesce en grattant la tête de Pippa.

– Comment?

Je me rappelle mon inquiétude pour Ben, qui était si pâle et inanimé.

– C'est ma piqûre qui l'a tuée? C'est à cause de moi?

Dans la seconde d'hésitation qui précède sa réponse, j'entends la vérité qu'il ne dit pas. *Oui, c'est à cause de moi.* C'est ma faute. Je l'ai tuée. L'horreur me prend dans son étau mordant, glacé. J'ai beau être assise devant le feu, même ce brasier n'arrive pas à me réchauffer.

– Non, bien sûr que non. C'est le sorcier. La maladie dégénérative dont il l'a affligée avait fait des ravages dans son corps. Elle n'aurait pas tenu beaucoup plus longtemps de toute façon.

Mais j'ai accéléré le processus. Il ne l'admettra jamais. Papa ne veut pas que je sois tourmentée par de sombres pensées. Mais c'est vrai.

J'ai l'impression qu'on m'a arraché les entrailles. Cette fille est morte à cause de moi. Elle ne verra jamais mes roses et ne connaîtra jamais la liberté à Belladoma.

– Où est-elle à présent? Je peux lui dire au revoir?

Papa sursaute.

– Oh, Lou. Je suis désolé. Arnaud a déjà emporté son corps. Elle sera enterrée à Belladoma, hors de portée du sorcier. Il ne pourra plus jamais se servir d'elle.

– Elle est déjà partie? Pourquoi aurait-il emmené une seule des filles?

Papa grimace comme s'il avait mangé un œuf pourri pour le petit déjeuner.

– La plupart des humains n'aiment pas voyager avec un mort. Ça les met mal à l'aise.

Je fixe rageusement mes mains, puis ma queue, qui refusent d'arrêter de trembler.

– Est-ce que je devrais prendre seulement les moins malades, papa? Pour éviter qu'elles meurent?

Une nouvelle larme roule sur ma joue. Je pense que je ne le supporterai pas si ça se reproduit.

– Ça vaudrait peut-être mieux. Juste par prudence.

Il me tapote la tête et me tend un bol de bouillie de flocons d'avoine.

– Mange. Tu auras besoin de tes forces pour ce soir.

J'y touche à peine. Je n'ai pas faim du tout. Je n'arrive à penser qu'à cette pauvre petite fille et à son visage cireux. Et à Ben. Je l'ai laissé seul. J'espère qu'il va bien.

Je suis obligée de me poser la question : si ma piqûre a eu un effet si nocif sur cette fille, pourrait-elle lui faire du mal, à lui aussi ? Ou à une des autres filles ?

C'est vraiment la dernière chose que je souhaite. Comme papa. Je le regarde s'affairer devant le feu, puis s'installer avec un livre. Oui, papa a forcément pris des précautions. Ma piqûre ne peut pas vraiment faire de mal, elle provoque juste un profond sommeil. Cette malheureuse a été une exception.

Malgré tout, mon inquiétude pour Ben me serre le cœur.

Le temps de me forcer à avaler ma bouillie, j'ai pris ma décision. Je dois m'assurer que Ben va bien. Ce soir, j'irai le trouver. Je vais lui parler. Je vais faire sa connaissance, à lui, puisque je n'aurai jamais eu l'occasion de connaître cette fille.

Après le déjeuner, papa m'a laissée devant le feu à lire mes livres pour aller au marché d'un village de l'autre côté de la forêt et de la rivière. C'est assez loin pour qu'il ne soit pas de retour quand je partirai pour Bryre et mon sauvetage nocturne.

Ce qui signifie que cet après-midi m'appartient.

Je commence à tailler mes rosiers, tâchant de me concentrer sur les fleurs. Mais leurs couleurs ravissantes et leur parfum délicieux ne m'apaisent pas, contrairement à d'habitude. J'ai l'impression d'être dissipée, incapable de me concentrer. Ma nuque me picote et soudain, je ne vois plus ce que j'ai devant les yeux.

Des pétales de roses – mes préférées, des roses roses – tombent sur un sol en marbre blanc. Un son strident transperce l'air et y reste en suspension comme de la fumée. Une femme s'effondre au milieu des pétales, mais je ne vois pas son visage. Juste ses cheveux dorés et sa belle robe en soie bleue.

C'est la femme dont mon esprit a évoqué l'image la première fois que j'ai pensé au mot « maman ».

J'ai envie de lui tendre la main, de la tourner pour voir son visage, mais le souvenir se dissipe trop vite. Il ne laisse derrière lui qu'un sentiment de solitude qui s'enroule autour de mon cœur comme s'il était chez lui.

Je ne veux surtout pas d'un décor familier en cet instant, mais je ne sais pas trop où me réfugier.

Je me surprends à m'aventurer de l'autre côté de la haie et à me diriger vers la rivière. Mes pensées tourbillonnent comme ces eaux tumultueuses.

Je ne veux pas être seule. Je cherche la présence réconfortante d'une autre créature qui me comprend et m'accepte telle que je suis.

Une créature qui m'a appelée sa « sœur ». Ce mot n'a pas cessé de tourner dans ma tête depuis, presque autant que « maman ».

Cette fille qui est morte hier soir avait-elle une maman qui va la pleurer ? Ou une sœur qui lui confiait ses secrets ? Je les chérirais comme des sœurs, toutes ces filles, si seulement papa m'y autorisait. Si seulement cette petite-là n'était pas morte. Si seulement j'avais un moyen d'arranger ça. De la ramener à la vie.

Une vague idée se forme dans mon esprit et se précise un peu plus à chaque pas. Si le dragon vient à ma rencontre aujourd'hui, je sais ce que je lui demanderai. Si j'en trouve le courage.

Je m'allonge dans la mousse moelleuse du bord de la rivière, les jambes dans l'eau. Pendant que je regarde le soleil en plissant les yeux, les nuages dessinent des formes dans le ciel bleu. Ça paraît tellement anormal, que tout soit éclatant et lumineux alors que je sens ce grand vide en moi. Cette pauvre fille ne peut pas profiter de tout ça. Et elle ne pourra plus jamais revoir sa famille ou courir dans les rues de Bryre. Ma poitrine se serre. Moi non plus, je ne reverrai plus jamais ma mère – la femme de ce souvenir. Les fragments de ma mémoire en miettes me font une farce cruelle en se recollant, en me montrant des bribes d'un passé que je ne retrouverai jamais.

Des larmes dégoulinent sur mes joues et tombent dans la mousse. Je ferme les yeux pour arrêter le torrent, mais mes paupières ne peuvent pas le retenir. Je vais inonder les berges si je continue.

Une bouffée d'air chaud et humide caresse mes joues mouillées.

Pourquoi tu pleures, ma sœur?

Je me relève d'un bond et me retrouve nez à nez avec mon dragon de roche. Batou est tout aussi gigantesque et magnifique que la première fois, mais maintenant, il me paraît beaucoup moins effrayant. Ses ailes sont repliées contre ses flancs comme une cape chatoyante. Sa tête écailleuse, plus grande que mon corps tout entier, est penchée près du sol pour me regarder dans les yeux. Je suis tellement soulagée de le voir que je manque éclater à nouveau en sanglots.

– Une fille est morte. J'ai peur que ce soit ma faute.

Le museau géant me soulève le menton.

Ce n'est pas à cause de toi. Il n'y a que le sorcier qui tue des jeunes filles.

– Je sais, mais j'essayais de la sauver et j'y suis peut-être allée trop fort.

Tout ce qu'on peut faire, parfois, c'est essayer. Ce n'est pas toujours suffisant. Dans tous les cas, ce n'est pas ta faute.

Je me rassieds sur la berge. De là, le dragon fait disparaître le soleil de mon champ de vision et se retrouve avec un halo de lumière scintillante. C'est tellement joli que j'ai envie de tendre le bras vers lui et de le toucher.

Mais comme j'ai également envie de garder mes mains, je me retiens.

– Mon père m'a ressuscitée avec une étincelle de vie. Mais il ne peut pas ressusciter la fille, parce qu'il a tout utilisé pour moi.

Pour toute réponse, je reçois une grosse rafale d'air humide. J'essaie de déchiffrer l'expression de ses yeux jaune clair, en vain.

C'est ton père qui a fait ça? Tu sais ce qu'il a utilisé?

Je hoche tristement la tête. Ça ne me plaît pas qu'un dragon ait dû pleurer pour que je puisse renaître.

– Il m'a dit que les larmes de dragon, c'est ce qu'il y a de plus puissant, et que ça peut ramener les gens à la vie.

La tête de Batou se redresse.

D'où tient-il cette information?

– Des marchés, je pense. C'est là qu'il trouve toutes ces choses. Il emploie ses connaissances pour le bien, pour la science. Tout ce qu'on veut, c'est contrecarrer les plans du sorcier...

Ton père joue avec des forces dangereuses, ma sœur.

Je retiens mon souffle.

– Il sait ce qu'il fait, et tout ça, c'est pour le bien de Bryre. Si j'avais le droit de lui parler de toi, nous pourrions tous nous entraider.

Batou secoue son énorme tête.

Non, ma sœur. Nous sommes liés par un pacte de sang. Tu ne dois pas le briser.

– Je ne pourrais pas le briser même si je le voulais. Il me suffit d'y penser pour que ma langue se fige.

Je suis désolé. C'est le seul moyen pour qu'on soit en sécurité. Le sorcier a des yeux et des oreilles partout.

– Papa serait tellement gentil avec toi, aussi gentil qu'avec les filles que nous délivrons de Bryre.

L'image de la pauvre enfant d'hier soir me revient, occultant mes autres pensées, et mes mains se mettent à trembler. Je n'ai pas été aussi gentille que papa quand je l'ai piquée, loin de là. Je voudrais tant pouvoir revenir dessus, effacer ce que j'ai fait.

Qu'est-ce que vous faites avec les filles de Bryre, au juste ? La ville est-elle devenue si malsaine qu'elles ont besoin d'en être éloignées ?

– Le sorcier a jeté sur la ville un sort qui rend les filles malades. Elles doivent être mises en quarantaine pour éviter que la maladie se répande, mais le sorcier les vole à l'hôpital et les enferme. Chaque nuit, je m'introduis dans la ville en cachette pour libérer des filles et les amener à papa. Il a un antidote contre la maladie, et chez nous, elles sont en sécurité et bien cachées.

Je serre les poings.

– Bientôt, nous retrouverons ce sorcier et il ne fera plus jamais de mal à une autre fille.

Alors comme ça, ton père les soigne ? Intrigant. Peu d'hommes feraient tant d'efforts pour des inconnus.

Ma poitrine se gonfle de fierté.

– Mon père n'est pas comme tout le monde.

Batou bat des ailes en se rasseyant sur ses talons et me considère de ses yeux jaunes.

Ma sœur, si je pouvais te donner mes larmes pour ressusciter la fille, je le ferais. Mais j'ai bien peur de ne pas pouvoir. J'ai tellement pleuré pour mes frères et sœurs tués que je n'en ai plus.

Décidément, cette créature lit dans mes pensées! Je brûlais de lui poser la question, mais je n'en trouvais pas le courage. Ça ne me semblait pas correct.

– Tu ne peux pas pleurer pour une jeune humaine?

Le nombre de larmes qu'on peut verser n'est pas infini. Ensuite, on vit sans.

Mes larmes se remettent à couler, et l'image qui miroite devant moi se brouille. Mon vague espoir de rejoindre Arnaud et la fille s'étiole. Je m'essuie les yeux.

– Qu'est-ce qui est arrivé à tes frères et sœurs?

Je ne peux pas m'empêcher de m'interroger au sujet de ce dragon et de la façon dont il s'est retrouvé aussi seul que moi.

Ce qui est arrivé, c'est le sorcier.

Il soupire, et son souffle plisse les vagues de la rivière.

À une époque, toutes ces montagnes grouillaient de dragons de roche.

Batou donne un coup de queue en direction des sommets.

Des dragons de feu nichaient dans les volcans, des dragons d'eau dans les rivières et des dragons des airs, presque invisibles, dans les nuages. Les dragons de roche et les dragons d'eau vivaient en harmonie avec les hommes, même si les dragons des airs restaient entre eux et que les dragons de feu avaient un tempérament trop explosif. Mais ensuite, les hommes ont découvert qu'ils pouvaient s'emparer de notre magie en nous tuant. Ce pouvoir les a corrompus, ils en voulaient toujours plus. Nos effectifs se sont réduits petit à petit et les hommes qui étaient devenus des sorciers se sont mis à se battre entre eux, s'entretuant pour acquérir plus de pouvoir. Dès lors, il n'est plus resté qu'une dizaine de membres dans mon clan. Préférant bouger en permanence, nous avons erré sur ces terres et sur d'autres, plus loin. Les sorciers nous ont quand même décimés. Aujourd'hui, il n'y en a plus qu'un seul. Mais il est toujours en chasse, toujours à l'affût.

La colère embrase mon cou. Je hais ce sorcier.

Batou expire à nouveau, en repliant ses ailes contre son corps.

Je ne sais pas ce que sont devenus les autres sorciers. Ou bien ils ont fui devant celui-ci, ou bien il a une telle soif de pouvoir qu'il les a éliminés. Un seul sorcier a largement suffi. J'étais le plus jeune de mon clan, un simple dragonnet quand nous avons pris la fuite, au début. Parfois, nous restions au même endroit des années, parfois seulement quelques jours. Les autres me protégeaient, alors j'ai pu m'échapper à chaque fois. Jusqu'à la dernière. Ma sœur s'est battue contre le sorcier, et quand j'ai essayé de l'aider, elle a fait tomber la montagne entre eux et moi pour m'empêcher d'approcher et me donner le temps de fuir.

Batou baisse son énorme tête écailleuse.

Ils étaient plus courageux que moi. Maintenant je suis seul, c'est mon châtiment pour avoir été aussi lâche.

Je pose une main timide sur son museau. Sa peau rugueuse comme du granit est étrangement chaude.

– Je ne pense pas que tu sois un lâche. Tu as simplement fait ce qui était nécessaire pour survivre. Et je m'en réjouis beaucoup.

Il soupire à deux reprises, puis s'appuie contre ma main. Je laisse un sourire s'étirer lentement sur ma bouche, et mes entrailles se réchauffent. Je n'ai peut-être plus une famille humaine au complet, mais je crois que j'ai trouvé un ami.

Dès mon arrivée dans Bryre, je cours tout droit vers l'entrée secrète du palais. Je suis chaque jour plus convaincue qu'il se passe quelque chose d'étrange dans cette ville – et ça ne peut pas être seulement à cause du sorcier. Un palais désert, qui s'effondre par endroits, avec un jardin bien entretenu ? Bizarre. Quelqu'un vient ici pendant la journée pour s'occuper du parc. Mais pourquoi ? Et pour qui ? Le conseil débarque-t-il en grande pompe dans le palais chaque jour à seule fin de sauver les apparences devant les habitants de la ville, comme le suggérait papa ? Le mystère du palais de Bryre est bien plus intrigant que tout ce qu'on trouve dans mes contes de fées.

Quant aux messages que Ben dépose... que signifient-ils ? Papa en comprend certains, mais même lui, il sèche devant d'autres. Je veux en savoir plus.

J'arpente le jardin, cherchant un indice ou l'odeur de Ben. La seule trace de lui est l'arôme de pain qui reste accroché au banc sur lequel je l'ai laissé. Je m'introduis à l'intérieur du palais lui-même, mais ce soir, je n'y découvre même pas de message.

Il est parti. Il a dû se réveiller perplexe et s'en aller. Peut-être qu'il va quand même s'arrêter à la fontaine.

J'espère que je ne l'ai pas effrayé.

Quand j'arrive à la fontaine, je m'assieds sur la margelle et je laisse pendre mes jambes dans l'eau. J'en ai une dont la peau est plus foncée que l'autre, mais je la couvrirai avant l'arrivée de Ben. S'il fait une remarque, je pourrai toujours prétendre que c'est une illusion d'optique ou une ombre malencontreuse. Il n'a pas besoin de voir comment je suis faite en réalité, ni que je ne suis pas comme les autres filles de Bryre.

Il y a des moments où je voudrais bien leur ressembler davantage, mais dans ce cas, je ne pourrais pas aider papa dans sa mission. J'ai peut-être une allure différente, mais j'ai des capacités dont elles ne pourraient même pas rêver. Si seulement ce qui me rend spéciale n'avait pas également pour effet de m'isoler! J'ai plus de choses en commun avec un dragon qu'avec les filles de Bryre.

– Tu es revenue.

Je sursaute en entendant cette voix chaleureuse derrière moi et je sors de la fontaine avec un grand bruit d'éclaboussures qui n'a rien d'élégant. Je tombe lourdement sur le sol, mais je réussis à me ressaisir… et à garder ma queue et mes ailes contre moi. Je n'ai même pas flairé son approche. J'étais trop plongée dans mes pensées pour prêter attention à ce qui se passait autour de moi.

Je ne commettrai plus cette erreur. Elle aurait pu me coûter cher.

Avant que j'aie pu reprendre mon souffle, Ben me tend la main. Je lève les yeux et je glisse la mienne entre ses doigts tièdes et vigoureux.

Il me relève. Je n'ai pas besoin de son aide pour me remettre debout, mais je l'accepte plus par curiosité qu'autre chose. Est-ce ainsi que les garçons traitent les filles qui tombent des fontaines, d'habitude? Je soupçonne que la plupart des filles ne tombent pas des fontaines, mais je chasse cette pensée.

Ben est là. Ben est en vie. Ben est chaleureux et fascinant et il me tend une nouvelle rose avec un sourire timide.

– Je... euh... Je ne sais pas trop ce qui s'est passé hier soir. Ma mémoire est un peu embrumée. Je croyais t'avoir vue et donné ça, mais à mon réveil, je n'arrivais pas à m'en souvenir.

Il se passe une main dans les cheveux. Je n'avais encore jamais vu ce genre de geste, mais je devine ce que ça signifie : Ben est nerveux. Mon cœur se gonfle de joie.

Je tends ma main libre pour prendre la rose, que j'amène sous mon nez afin d'en humer le parfum.

– Merci, dis-je.

Une rougeur grandissante monte dans mon cou. Ben me tient toujours la main et je n'ai pas esquissé le moindre geste pour me dégager. J'aime assez sentir mon visage en feu et la pression de sa main sur la mienne.

– Je m'appelle Ben, dit-il.

Je ne montre pas que mes souvenirs de la veille au soir sont bien moins embrumés que les siens.

– Et moi, je m'appelle Louna.

C'est la première fois que je me présente à un humain. Ça me fait tout drôle. J'ai l'impression que nous venons de former une sorte d'alliance secrète.

– Louna, répète-t-il. C'est joli. Ça te va bien.

J'adore les sonorités de mon prénom dans sa bouche. Je voudrais qu'il le répète cent fois de sa voix chaleureuse. Ne sachant que répondre, je me contente de sourire. Il y voit un signe encourageant.

– Il y a quelque chose chez toi qui m'est terriblement familier, mais je n'arrive pas à déterminer quoi, dit-il. Tu es nouvelle à Bryre ?

– Je n'habite pas en ville. J'habite à l'extérieur.

– C'est bien ce que je pensais. Les Bryrois savent tous qu'il ne faut pas sortir après le couvre-feu.

– Tu es bien sorti après le couvre-feu, toi.

Il rit.

– C'est vrai. Et je ne peux pas te dire pourquoi. Alors je suppose que je ne devrais pas t'embêter avec ça. Ce ne serait pas juste, hein ?

Il me fait un clin d'œil et je ris avec lui.

– Non, ce ne serait pas juste du tout.

Décidément, j'aime beaucoup Ben. Sa chaleur, son rire et sa voix me donnent l'impression de flotter.

Il me presse la main.

– Comme tu es nouvelle par ici, est-ce que tu aimerais voir quelque chose ?

– Qu'est-ce que c'est ?

– Eh bien, ce ne serait pas une super-surprise si je te le disais, pas vrai ?

Je glousse. Je ne peux pas m'en empêcher.

– Je suppose que non.

Il indique une ruelle d'un mouvement de tête.

– Tu me fais confiance ?

Oui. Malgré toutes les inquiétudes de papa, je me fie sans hésitation à ce garçon. Maintenant que je lui ai parlé, je suis certaine qu'il ne peut pas être de mèche avec le sorcier.

Je lui presse la main à mon tour.

– Oui.

– Alors ne te laisse pas distancer, dit-il en partant au pas de course et en m'entraînant à sa suite.

Je reste facilement à sa hauteur. D'ailleurs, je suis même plus rapide que lui. Mais je ne veux pas le doubler. Je veux juste qu'on continue comme ça, Ben et moi, qu'on traverse Bryre en courant côte à côte, main dans la main. La brise a pile la bonne température pour nous rafraîchir et la lune, au-dessus de nous, nous éclaire assez pour nous éviter de trébucher.

Alors qu'on passe devant des bâtiments que je ne reconnais pas, je me demande où Ben m'emmène. Devrais-je m'inquiéter? Les bâtiments sont de plus en plus espacés et délabrés. Des briques dégringolent dans des parterres de fleurs pleins de mauvaises herbes, et des fenêtres cassées nous font des clins d'œil au passage. Il n'y a pas âme qui vive dans cette partie de la ville. Même les gardes l'évitent, d'après ce que je peux voir. Quand Ben s'arrête, je ne peux pas m'empêcher de rester bouche bée. Un immense enchevêtrement de plantes rampantes et d'arbustes épineux se dresse devant nous. Il semble engloutir un bâtiment tout entier. Ainsi que le sol. Les vrilles vertes et les épines noires, mouchetées de fleurs çà et là, couvrent tout ce qui est visible. À ma droite, il y a un clocher : la flèche s'efforce encore de rester au-dessus du méli-mélo végétal. Des plantes ayant pris la forme de petites maisons cubiques bordent le côté de ce qui fut la route. Et désormais, la rue n'est plus qu'un nid d'arbustes épineux qui s'entremêlent au milieu des pavés retournés.

Avec dans la voix une stupeur que je suis incapable de dissimuler, je demande :

– Qu'est-ce que c'est?

– C'est l'arrière du palais, et le quartier où logeaient autrefois la plupart de ses serviteurs.

Je frémis. Je ne me suis jamais enfoncée autant dans le palais. Je n'ai vu que cette grande salle dont les murs et le sol ont dû être transpercés par les racines de cette plante.

Je ne me suis pas arrêtée pour l'explorer davantage, de peur de négliger ma véritable mission.

– C'est affreux.

Ben acquiesce.

– Mais il y a un truc bizarre. Ce n'est pas n'importe quelle plante épineuse. C'est un croisement entre un massif de bruyère et un roncier rampant. Personne n'avait jamais rien vu de pareil.

Ben s'anime en parlant ; il agite son bras libre. De l'autre, il continue à me tenir fermement la main.

– Pourquoi ne pas la couper ?

– La couper, ça ne fait rien. Tu la tailles, et elle est deux fois plus solide le lendemain. On a essayé de la brûler, à un moment, mais elle a repoussé en trois jours. Trois jours !

– Incroyable, dis-je.

– C'est sûr.

Il se penche vers moi.

– Tu sais garder les secrets ?

Sa proximité me fait rougir.

– Oui.

– Ça a tellement dégénéré que ça a envahi les parties habitées du palais. Ça les a complètement éventrées. Il y a même un serviteur qui a été avalé pendant son sommeil. Et ça continue à gagner un peu plus de terrain dans le palais chaque jour. Ça ne se voit pas depuis le portail. La plupart des gens n'imaginent pas à quel point c'est étendu. Ils savent juste que cette zone de la ville a dû être évacuée à cause d'une sorte de nuisible quelconque.

Voilà qui explique pourquoi le palais est désert la nuit. Cette bruyère est bien plus envahissante que je ne le pensais. Elle a obligé le roi à partir chercher refuge ailleurs.

– C'est ça ton secret, alors ? L'existence de cette plante ?

– Il y a autre chose.

Il agite la main pour désigner la monstruosité pleine d'épines.

– ... Il ne s'agit pas seulement de flore suralimentée. C'est de la magie noire qui opère ici. Quelqu'un en veut au roi.

J'inspire vivement. La remarque de Ben ne laisse aucun doute. Ce doit être un coup du sorcier. Pas étonnant qu'ils ne soient pas arrivés à s'en débarrasser.

– Qui ?

– Personne ne le sait.

Il hausse les épaules, mais ses yeux pétillants montrent bien qu'il garde quelque chose pour lui. Je parie qu'il pense que c'est le sorcier, lui aussi. Ou alors il travaille bel et bien pour lui et il aime s'enorgueillir des exploits de son maître. Mais ça ne paraît guère probable.

– Comment se fait-il que tu saches tout ça ? C'est une sacrée histoire, ce que tu racontes.

Je fais mon possible pour rire de ma question, mais j'espère quand même une réponse.

Il agite un doigt sous mon nez.

– Ça, je ne peux pas te le dire. Pas encore.

Ben m'entraîne à nouveau dans les ruelles pour m'éloigner de cette étrange bruyère rampante. Il ralentit quand nous revenons à proximité de la fontaine aux chérubins. Notre fontaine.

Il me fait un sourire navré.

– Je dois prendre congé. Est-ce qu'on se verra demain ?

– Oui.

Je peux à peine parler. Je ne veux pas qu'il s'en aille.

– Super, dit-il.

Il part en courant dans la ruelle et jette un coup d'œil par-dessus son épaule.

Je reste plantée là comme une statue devant le bord de la fontaine, à attendre que l'odeur tiède de pain tout juste sorti du four se dissipe.

· 33ᴱ JOUR

Sous le saule, dans la cour, je regarde le soleil disparaître de l'autre côté de la haie en embrasant tous les
arbres. Papa a passé presque tout l'après-midi sur les marchés. Il cherche constamment d'autres ingrédients pour ses
expériences, et c'est dans les villages des alentours et les
marchés ambulants qu'il a le plus de chances d'en trouver.
Même si je me sens coupable de lui cacher des choses, je
suis retournée flâner près de la rivière dès son départ dans
l'espoir de revoir mon dragon. Je n'ai encore jamais trouvé
Batou la première, mais il tient parole et réussit toujours à
me trouver, lui.

Toutefois, notre rencontre d'aujourd'hui a été brève,
comme souvent, et je n'ai pas pu le convaincre que papa
est de notre côté. Il n'y a pas plus suspicieux que Batou,
hormis papa.

Maintenant, de retour à la maison, je parcours mes
contes de fées et d'autres livres de papa dans la lumière déclinante, en quête de détails sur les dragons de roche. Bien
que Batou réponde à la plupart de mes questions, un avis
impartial pourrait éclairer davantage les mystères qu'il
représente. Ce que j'ai découvert jusqu'ici est bien maigre.

Ils préfèrent les endroits rocailleux. Ce sont des solitaires. Et on pense que leur espèce est éteinte.

Quand j'en ai assez de lire, je rassemble mes livres et je me dirige vers la tour. Il sera bientôt temps que je retourne à Bryre. Et là, je reverrai Ben. Penser à lui m'évoque le mot «chaud». Ça me submerge, je me sens prête à déborder. Entre Batou, Ben et papa, j'ai presque l'impression d'avoir une famille complète.

Mais papa ne serait pas d'accord. C'est très mal de retrouver Ben tous les soirs. Quitter la sécurité de notre maison pour chercher une créature dont je cache l'existence à papa, quoique malgré moi, c'est encore pire.

Et le pire, c'est que je sais, avec une certitude absolue, que je vais recommencer. Papa ne peut pas me forcer à rester seule pour toujours.

Pendant ma première soirée avec Ben, j'ai complètement oublié l'enfant que j'ai tuée. Quand je suis arrivée à la prison, ma mélancolie est revenue en force. J'ai choisi la fille qui avait les joues les plus roses. Mais depuis, tous les soirs, je retrouve Ben qui m'attend à la fontaine avec une rose après avoir déposé ses messages, et qui me charme un peu plus à chaque rendez-vous.

Le dernier message de Ben disait : *Rumeurs concernant une créature qui rôderait dans les rues. Ramenez D. à la première base.*

Papa s'est rembruni quand il a entendu ça et j'ai détecté une note de déception dans son expression. J'ai peur de ce qu'ils veulent dire par «créature». J'ai peur qu'ils parlent de moi. Est-il possible que l'homme que j'ai piqué sur la route, pendant mon entraînement, se souvienne de moi ? En a-t-il vu plus que je ne le pensais ?

Et surtout, j'ai peur de ce que Ben penserait s'il voyait toutes les parties de mon corps hétéroclite. Me prendrait-il en horreur, comme le suggère papa? Mes ailes et ma queue, ainsi que les différentes teintes de ma peau forment un mur invisible entre nous.

Quand j'atteins le pied de la tour, de légers bruits de sanglots descendent l'escalier en colimaçon. Je voudrais pouvoir consoler les deux filles de l'étage, mais à chaque fois, ma présence ne fait que les mettre dans tous leurs états. Papa m'a demandé de garder mes distances, sauf pour leur donner leur dose quotidienne de venin, le soir.

Même si leurs pleurs me serrent le cœur, je lui obéis. Il faut bien que je lui obéisse sur quelque chose. Entre Batou et Ben, j'évolue sans filet.

Je pose les livres et j'emporte l'arrosoir dans le jardin pour m'occuper de mes roses. Les rouges et les jaunes s'enflamment dans la lumière mourante. Je caresse quelques pétales et je leur parle d'une voix roucoulante. Je sais qu'elles apprécient mes attentions; elles deviennent chaque jour plus grosses et plus ravissantes.

Quand je me pique le pouce sur une épine, le monstrueux massif de bruyère que Ben m'a montré me vient à l'esprit. Bizarre qu'une plante ait tout envahi si vite. Je me demande si papa est au courant de la présence de cette bruyère ou sait pourquoi le sorcier l'a mise là.

Un bruit de pas qui font craquer des branches et des feuilles m'annonce justement son approche. Il franchit la haie. Je cours et je lui saute au cou quand il entre dans le jardin.

– Oh! Ma chérie!

Il me serre contre lui à son tour.

– Qu'est-ce que j'ai fait pour mériter un tel accueil?

– Tu m'as manqué.

C'est vrai. Je me suis aperçue que je n'aime pas être seule quand je peux l'éviter.

J'ai de plus en plus de mal à jongler entre mon besoin d'être près de Ben et mon devoir envers papa et notre mission.

Je l'entraîne dans la maison. Il accroche sa cape de voyage sur la patère murale et se repose dans son fauteuil près du feu. Pippa jappe et jappe encore, jusqu'à ce qu'il la laisse sauter sur ses genoux et la frotte entre les oreilles.

Je reste debout, une question sur le bout de la langue.

– Tu voulais quelque chose, Louna?

Je considère ça comme une invitation à m'asseoir à côté de lui.

– J'ai découvert quelque chose de surprenant quand j'étais à Bryre l'autre soir. Je me disais que tu saurais peut-être l'expliquer.

Il attend la suite. Pippa, sous le bras de papa, me fusille du regard.

– ... Je suis tombée sur la plante la plus bizarre qui soit. Elle me fait penser à mes rosiers, mais elle est... plus... effrayante. Les épines sont noires et très nombreuses, et il y a des ramifications qui s'étendent tout autour. Les fleurs ressemblent à mes roses, en revanche. Elle avait l'air de dévorer le palais et tout le quartier qui est derrière! Tu as déjà entendu parler d'une chose pareille?

Une ombre d'inquiétude passe sur le visage de papa, puis il fronce les sourcils.

– Ça m'a l'air d'être un massif de bruyère assez agressif. Peut-être que les gens de la ville y déposent leurs déchets pour qu'elle s'en nourrisse. Ça expliquerait qu'elle ait tellement poussé.

Un sourire tiraille le coin de ses lèvres.

– Mais je suis sûr que tu exagères un peu au sujet du palais.

– Non, pas du tout ! Elle a dévoré une rue entière ! Ce doit être le sorcier qui l'a créée.

Papa fronce les sourcils encore plus fort.

– La nuit est bien connue pour favoriser les illusions d'optique, même chez des gens qui ont la vue aussi perçante que toi. D'ailleurs, que ferait-il avec une plante, le sorcier ? Et pourquoi perdrait-il du temps avec ça alors qu'il est déjà occupé à torturer les filles de Bryre ? C'est totalement absurde.

– Mais je l'ai vue de mes propres yeux. Elle existe, je te le jure.

– Ma chérie, je ne mets pas en doute que c'est ce que tu crois avoir vu. Mais je suis certain que tu te trompes.

Comment est-ce possible qu'il ne me croie pas alors que je suis son émissaire à Bryre ?

– Mais papa, je...

– Non, ça suffit. Tu ne dois te préoccuper que des filles. Laisse la faune et la flore de Bryre tranquilles, si étranges soient-elles. Tu dois rester concentrée sur ta mission.

Il me tapote l'épaule et sourit – un peu tristement, je trouve – en quittant son fauteuil.

Je lui rends son sourire, mais au fond de moi, c'est l'effervescence. Je n'exagère pas : encore quelques mois et cette bruyère aura entièrement englouti le palais.

Mais ensuite, papa pose sa main fraîche sur ma joue, et mes soucis s'évaporent.

Papa a raison, bien sûr. Le sauvetage des filles passe avant tout. Papa a toujours raison.

*

J'attends près de la fontaine, le ventre noué. Papa serait furieux s'il savait ce que je fais. Mais quand l'odeur de Ben, cet arôme de pain chaud, flotte vers moi, j'oublie tout le reste. Je fais volte-face, un sourire jusqu'aux oreilles. Ben me rend mon sourire et me prend la main. Sentir sa peau contre la mienne me donne un frisson agréable. Une rougeur monte de mes doigts jusqu'à mes tempes. Il y a chez lui quelque chose d'étonnamment familier, et pourtant de si étranger en même temps.

– Viens, dit-il. J'ai quelque chose de spécial à te montrer ce soir.

Il m'entraîne de ruelle en ruelle et je ne mets pas longtemps à comprendre où nous allons.

Au palais.

Quand on arrive devant le portail, j'ai le souffle court. Je contemple, béate, les motifs sophistiqués du fer forgé. Je n'avais jamais pris le temps de les examiner. J'étais trop occupée à suivre Ben et à découvrir les jardins, de l'autre côté. Même désert, le palais est magnifique. Ben me fait signe de ne pas faire de bruit en m'entraînant vers son entrée secrète. Je feins autant de surprise que possible quand le mur s'ouvre pour révéler le passage, et je fais exprès de trébucher comme si je ne connaissais pas ce chemin par cœur.

Les rosiers et les haies sont tout aussi impressionnants que les nuits précédentes. *Exquis. Époustouflants. Superbes.* Une centaine de mots déferlent dans mon esprit quand je les vois. Ben se faufile entre les gigantesques monstres taillés dans la haie, en prenant soin de rester hors de vue du pavillon de la garde. Il s'arrête dans un coin du jardin où une couverture a été étalée sur un carré d'herbe entouré de rosiers et de hautes haies. Il y a un panier avec du pain, du fromage et des saucisses pour nous.

– Ça te plaît ? demande-t-il en me coulant timidement un regard plein d'espoir.

Je note avec un sursaut qu'il est aussi rouge que moi. Ce qui me fait rougir de plus belle.

Je hume le parfum des roses et l'air frais de la nuit. C'est parfait.

– J'adore, dis-je.

Il s'assied sur la couverture et tapote l'espace à côté de lui.

– Viens t'asseoir. Tu as faim ?

Une fois de plus, j'avais le trac à l'idée de revoir Ben et je n'ai mangé qu'un tout petit peu du ragoût que papa avait préparé pour le dîner. Ce fromage et ces saucisses sentent divinement bon. Je m'assieds et je glisse mes jambes sous ma jupe, avec ma queue, en veillant à ne pas laisser ma cape s'ouvrir. Ce serait désastreux.

Ben me tend un morceau de fromage et en prend un pour lui.

– Tu habitais où avant Bryre ? me demande-t-il.

Je tripote maladroitement mon bout de fromage. Je n'étais pas préparée à cette question.

– Dans la forêt...

Je ne peux pas lui avouer qu'en fait je viens de Bryre. Ça en dirait trop et ça déclencherait une avalanche de questions auxquelles je ne peux pas répondre.

Ben s'esclaffe.

– Mais où, dans la forêt ?

– Je ne sais pas trop. Pas ici, en tout cas. On n'est venus vivre dans cette forêt-ci que récemment.

– Vous êtes passés d'une forêt à une autre ?

Il hausse un sourcil.

– En quelque sorte, dis-je avec un sourire forcé.

Ben est si proche que son souffle me caresse le visage quand il parle, titillant toutes les terminaisons nerveuses de mon corps. Je réprime le désir de lui reprendre la main. C'est trop facile d'être ici avec lui. Il faut que je pense à papa et à ma mission.

Et pourtant je reste là comme une potiche sur la couverture, à côté de Ben.

– Et toi, tu as toujours vécu à Bryre ? je demande à mon tour, cherchant désespérément à détourner la conversation de moi.

– Oui, j'habite en bordure de la ville avec mes parents. Mon père est l'intendant du roi et moi, je suis son page.

Il se penche vers moi.

– C'est comme ça que je connais tous les accès du palais.

– Où sont-ils tous passés ? Le roi et la reine ne seront pas fâchés qu'on se soit introduits ici ?

Ben secoue la tête.

– Tu peux garder un autre secret, Lou ? Un gros ?

– Bien sûr.

– Bryre est persécutée par un sorcier.

– Un sorcier ?

J'en sais suffisamment pour comprendre que je suis censée être surprise par cette révélation, même si l'expression de Ben ne montrait pas que c'est ce qu'il attend.

Il se mordille la lèvre.

– J'espère que ça ne va pas te dissuader de rester ici. En réalité, il ne nous embête pas trop.

J'enfonce mes ongles dans mes paumes pour m'empêcher de lâcher un hoquet incrédule. Les tourments que le sorcier inflige à Bryre sont loin d'être négligeables. Mais ça me réchauffe le cœur de penser que Ben ne veut pas me faire fuir.

Je voudrais pouvoir lui dire que je travaille en ce moment même à anéantir l'ennemi. Mais je garde le silence. Pas question de trahir papa, même si ce garçon me plaît énormément.

– Ça ne doit pas être un sorcier très puissant, alors.

Ben ricane.

– Tu te souviens de cette plante monstrueuse que je t'ai montrée?

J'acquiesce.

– C'est l'œuvre du sorcier. Nous ne savons pas trop comment il a fait pour l'introduire dans Bryre, mais c'est lui qui a planté ces graines pendant qu'on avait le dos tourné, j'en suis sûr.

Il se penche vers moi avec un air de conspirateur.

– Plus personne ne vit dans le palais depuis que cette plante a dévoré un serviteur. Le conseil a insisté pour que le roi parte se cacher. Ils craignent que le sorcier puisse l'atteindre, ici. Ce massif de bruyère, ce n'est que le début.

Ben serre les poings. Je n'aime pas le voir aussi malheureux. Je pose une main timide sur son bras. Je sens que sa peau est tiède et douce à travers le tissu de sa chemise. Il lève les yeux vers moi et me sourit. Il fait soudain une chaleur étouffante sous ma cape.

– C'est comment d'être le page du roi? C'est palpitant?

Je ne sais pas trop ce que ça fait, un page.

Il détache un morceau de croûte de son bout de pain et le lance dans sa bouche.

– C'est un travail sympa. Le roi est un homme bon. Pour ça, j'ai de la chance. Les rois ne sont pas tous gentils. Et comme le palais est désert et que le roi se cache, eh bien, disons que la situation est plus palpitante maintenant qu'il y a deux ans.

– Comment ça se fait?

– Pour commencer, il n'y avait pas de couvre-feu quand je suis entré au service du roi.

Il étend ses jambes et s'appuie sur les coudes.

– Maintenant qu'il y en a un, j'ai une dispense spéciale qui me permet de l'ignorer.

Il sourit.

– Pourquoi y a-t-il un couvre-feu?

Je connais déjà la réponse, mais si j'étais celle que je prétends être – une fille qui vient tout juste d'emménager à Bryre –, je ne le saurais pas. Et puis je suis curieuse d'entendre sa version de l'histoire. Je me demande si la fille que j'étais avant y joue un rôle.

Là-dessus, Ben se rembrunit et je regrette de lui avoir posé cette question. J'aurais mieux fait de me mordre la langue à la place.

– Le sorcier enlève et assassine des jeunes filles, mais d'abord, il leur jette un sort qui les rend malades. Je ne comprends pas pourquoi. Ça paraît juste tellement... absurde.

Il se rallonge sur la couverture et ferme les yeux.

– Les sortilèges sont plus puissants la nuit, alors il y a davantage de risques que l'infection soit transmise à ce moment-là. On n'arrive pas à empêcher totalement la maladie de se répandre, mais le couvre-feu a ralenti sa propagation. Pas suffisamment, c'est tout.

Le désir de lui dire que je libère ces filles est presque irrésistible, mais un détail épineux me retient. Il faudrait que je lui dise comment.

Ça m'obligerait à lui révéler ce que je suis. Une de ces filles assassinées. Et plus grave encore : une créature à moitié animale. Je n'ai aucun moyen de savoir comment il le prendrait. Mon étrange corps bigarré m'a rapprochée de Batou, mais je pense qu'il n'aurait pas le même effet sur Ben.

– Je suis désolée. Est-ce que… Est-ce que tu connaissais certaines de ces filles ?

Il hoche la tête mais n'en dit pas plus.

Je mets juste un instant à me décider, mais il me semble durer une éternité. La poitrine de Ben se soulève et retombe au rythme de sa respiration. Une boucle de ses cheveux bruns est tombée sur son front quand il s'est allongé, cachant un de ses yeux. Je ne devrais pas vouloir être proche de Ben. Je ne devrais pas vouloir le connaître.

Et pourtant…

Je m'allonge à côté de lui et je pose une main sur la sienne. Il a la peau froide, mais ne semble pas s'en apercevoir.

Des centaines d'étoiles scintillantes nous éclairent depuis le ciel nocturne. Je me demande comment est la vue de là-haut. Ça doit être merveilleux de tout voir. Si j'avais cette possibilité, peut-être que je verrais le sorcier et que je pourrais l'arrêter avant qu'il attaque d'autres filles. Mettre fin à la douleur de cette ville. À la douleur de Ben.

– Quand j'étais petit, dit-il, mon grand-père est mort. Ma mère m'a dit que son âme était devenue une étoile et qu'il veillerait toujours sur nous. J'aime penser que ces filles aussi ont eu la chance de devenir des étoiles.

– Cette idée me plaît beaucoup.

Si papa ne m'avait pas ramenée à la vie, est-ce que je serais une étoile désormais ? Je presse la main de Ben, et il tourne la tête pour me regarder. Le souffle coupé, je reporte mon attention sur le ciel.

– J'ai perdu ma mère à cause d'un assassin. Ça aussi, c'était absurde.

Cette fois, c'est lui qui me presse la main à son tour.

Je cligne rapidement des paupières lorsque mes yeux deviennent brûlants et humides. La vérité de cette remarque me fait l'effet d'un coup de poing. Il ne me reste que mon père. Et le dragon qui m'appelle sa « sœur ». Je me demande si les frères et sœurs de Batou sont des étoiles, à présent. Il a du chagrin, comme Ben, je le sens lorsque le dragon me parle, de cette façon si particulière. Les rejoindra-t-il un jour ? Et moi ?

Je m'agrippe à la main de Ben. Je n'ai pas de réponse à mes questions et j'ai peur de les lui poser. Un coup d'œil a suffi pour me montrer qu'il est bien assez chamboulé comme ça.

Il ne pourrait pas m'aider, de toute façon. Il en sait moins sur moi que moi-même. Mais après ce soir, après avoir contemplé le ciel avec Ben, j'ai gagné autre chose.

De nouveaux souvenirs.

Je n'ai peut-être plus ma mère ni les souvenirs de la fille que j'étais avant, mais j'aurai toujours les étoiles.

▪ 36ᴱ JOUR

Ce matin, papa reste à la maison à cause des averses, mais moi, je brûle de m'échapper de cet enclos formé par la haie. Perchée au sommet de la tour, je vois un nuage de brume qui enveloppe les arbres. Le soleil passe à travers, illuminant tout le bois.

Ce que je désire plus que tout, c'est lire mon livre dans une tache de lumière, pendant que les nuages de brume cotonneux tourbillonnent à mes pieds.

Mais papa ne voudra pas que je flâne sans but comme je le souhaite. Tandis que je vole vers le sol, un plan germe dans ma tête. Pippa essaie de me mordiller les pieds juste avant que mes orteils touchent terre, puis me suit dans la tour.

En revanche, elle ne me suit pas dans le laboratoire de papa. Elle n'y va jamais. C'est la seule chose que papa soit parvenu à lui apprendre. Elle s'assied sur le seuil et gémit en me regardant du haut des marches. J'agite les doigts pour lui dire au revoir pendant que je descends dans le laboratoire.

Papa est dans un coin, en train de tripoter quelque chose dans un des coffres réfrigérants. Quand il entend le bruit de mes pas, il le referme dans un claquement et se retourne d'un bond, mais j'ai eu le temps d'en apercevoir le contenu. On aurait presque dit une main d'enfant. Non, c'est impossible.

– Lou, fait papa, qu'est-ce qui t'amène ici, ma chérie ?

Il tourne le dos au coffre réfrigérant et s'en éloigne en serrant dans sa main une patte de chèvre pour la poule qui gît sur la table, au milieu de la pièce. Je fronce les sourcils. J'ai dû mal voir.

Il s'essuie les mains sur un chiffon qui traînait à proximité et me regarde en attendant ma réponse.

– Papa, je voudrais du poisson pour le dîner.

Il glousse en reportant son attention sur la poule, à qui il faut encore accrocher une patte.

– Ah oui ?

– Oui, et je voudrais le pêcher moi-même. Je peux aller à la rivière ?

Il hausse un de ses sourcils argentés.

– Lou, la rivière n'est pas tout près. En plus, il fait jour. Et si un voyageur te voyait ?

– Je ferais ce que tu m'as appris : je le piquerais et je m'enfuirais.

– Malgré tout, je n'aime pas que tu sortes pendant la journée. On ne sait jamais qui pourrait être dans les parages.

– S'il te plaît…

Je cligne des paupières pour mettre mes yeux bleus, puis je bats des cils, les mains jointes sagement devant moi. Il soupire.

– Non, Louna. C'est trop dangereux. Mais je vais te proposer un compromis, parce que je t'avoue que ça ne me déplairait pas, à moi aussi, d'avoir du poisson pour le dîner.

Il prend un flacon sur l'étagère et continue son travail.

– Je n'ai presque plus de certains ingrédients. J'ai besoin d'aller sur un marché cet après-midi, et je nous rapporterai un ou deux bons poissons.

Je n'arrive pas à masquer ma déception.

– Tu ne me fais pas assez confiance pour me laisser sortir seule, papa ?

– Toi, je te fais confiance. Ce qui m'inquiète, ce sont les autres.

Il repose le flacon et vient vers moi pour me serrer dans ses bras.

– Quand nous aurons vaincu le sorcier, tu pourras te déplacer bien plus librement, je te le promets. Mais tu devras toujours être prudente avec les humains.

– J'espère que nous l'aurons bientôt neutralisé, dis-je d'une voix étouffée contre l'épaule de papa.

Il me tapote les ailes.

– Moi aussi, ma chérie, moi aussi.

Le cœur lourd, je sors du sous-sol de la tour en volant. Je fais peur à Pippa, qui est toujours en haut de l'escalier.

– Va-t'en, dis-je.

Elle gémit et m'accompagne jusqu'au jardin en volant à mes côtés, malgré mon ordre. Je soupire et je la gratte derrière les oreilles. À ma grande surprise, elle me laisse faire.

– Je parie que tu as envie d'aller au bord de la rivière, toi aussi, pas vrai ? je lui demande, mais elle ne répond pas.

Pendant que je taille mes rosiers, mon esprit est assailli par des idées étranges. Qu'est-ce que j'ai vu dans le laboratoire ? Qu'est-ce que papa peut bien avoir là-bas ? Petit à petit, un nouveau plan s'ébauche. C'est une idée terrible, mais si tentante que je ne pense pas pouvoir l'écarter.

Je passerai l'après-midi dehors un autre jour. Je dois d'abord satisfaire ma curiosité.

Quand j'ai fini de tailler et d'arroser les rosiers, papa quitte la tour, sa cape à la main.

– Je ne serai pas absent trop longtemps, dit-il en me saluant d'un geste. Il y a un marché à une heure à pied d'ici aujourd'hui. Je serai rentré à temps pour faire cuire le poisson du dîner.

Je lui souris et lui fais signe à mon tour, attendant patiemment que son odeur de miel ait disparu pour être sûre qu'il est loin dans les bois.

Je vole jusqu'à la tour et quand j'essaie de l'ouvrir, je m'aperçois qu'elle est fermée à clé. Au début, mon ventre se noue; mais bien sûr que papa l'a fermée à clé. On ne voudrait pas qu'une des filles se réveille et s'échappe. Ce serait une catastrophe. Je crochète la serrure avec mes griffes et je m'introduis dans le hall.

La porte du laboratoire secret est fermée à clé elle aussi et je suppose que c'est pour les mêmes raisons. Mais ça me paraît tout de même bizarre que papa ait éprouvé le besoin de verrouiller les deux. L'entrée du laboratoire est à peine visible quand on ne sait pas où chercher.

Mais je l'ouvre aussi, puis je descends les marches de pierre fraîche.

Tout semble à peu près comme papa l'a laissé – les étagères sont dans leur désordre habituel, et les squelettes d'hybrides pendent comme toujours. La poule sur laquelle il travaillait ne repose plus sur la table; elle doit être dans un coffre réfrigérant, à attendre le dernier ingrédient qu'il vient de partir chercher. Je passe les doigts sur les os des pieds du squelette accroché le plus bas. Un minotaure, je crois, avec une tête de taureau et d'immenses cornes en haut du crâne. Il lui manque deux orteils.

Pour des raisons que je n'arrive pas bien à m'expliquer, ça me fait frissonner. Je ne me rappelais pas qu'il lui manquait des orteils avant, mais c'est sans doute que ça m'a échappé.

Je jette un coup d'œil dans un des coffres réfrigérants et j'y trouve la poule à moitié reconstituée, comme je m'y attendais. Ensuite, je m'attaque au coffre réfrigérant qui était ouvert quand j'ai surpris papa tout à l'heure. Je veux simplement savoir ce que j'ai pris pour une main.

Mais ce coffre-là refuse de s'ouvrir, malgré mes griffes et la force phénoménale dont papa m'a dotée. Le frisson que j'ai ressenti il y a quelques instants revient avec force et j'en ai les mains qui tremblent. Malgré tous mes efforts, je n'arrive pas à les en empêcher.

Papa ne veut pas que je regarde dans ce coffre. C'est la seule explication. Mais pourquoi? Que pourrait-il bien me cacher?

Soudain, les squelettes qui pendent au-dessus de moi ne me paraissent plus aussi sympathiques. Leurs mâchoires béantes ont l'air moqueuses et leurs orbites vides me transpercent. Tout me paraît hostile ici aujourd'hui.

Je remonte l'escalier en chancelant et je claque la porte de la tour, que je verrouille derrière moi, puis je me dépêche d'aller chercher ma cape et mon livre. Rien ne dissipera mieux ma terreur que courir dans la forêt.

Avant peu, je vole parmi les arbres, suivie par des filaments de brume blanche. Le soleil cogne, grignotant peu à peu le brouillard. Ça me réconforte de jouer avec, et quand j'en ai assez, je sors mon livre en zigzaguant vers la rivière.

– *Il était une fois,* dis-je en contournant un petit buisson, *un homme qui avait deux filles...*

Ce serait comment d'avoir une sœur humaine ? Quelqu'un avec qui je peux rire et échanger tous mes secrets ? Une sensation de vide me pince la poitrine. Les sœurs de cette histoire sont proches en âge, mais de caractères opposés ; pourtant, elles sont si attachées l'une à l'autre qu'elles renoncent à tout pour se protéger mutuellement dans un monde dangereux.

Mais cette histoire ne m'offre qu'une distraction temporaire. Que peut bien cacher papa dans le laboratoire ? Cette question hante mes pensées et me suit jusqu'à la rivière.

L'eau scintillante et mousseuse déferle à toute vitesse entre les vestiges du brouillard de ce matin. Je m'élance vers le ciel en me régalant des courants d'air et je scrute les espaces découverts, guettant la moindre trace d'un être humain qui risquerait de m'apercevoir. Les seuls que je remarque sont loin vers l'est, sur la route, près de la ville. Je reviens sur la berge, j'ôte ma cape et je pose mon livre dessus. Je vais lire une autre histoire en attendant Batou, puis je rentrerai à la maison par la voie des airs.

Papa ne le saura jamais.

Je me suis installée le plus près possible de l'eau. Je trempe ma queue et je regarde les poissons, avec leurs écailles luisantes, danser dans l'eau bouillonnante. Je me demande quel effet ça fait de nager. D'être entièrement enveloppé d'eau. J'imagine que c'est froid.

J'attends, la queue ballottée par le courant. Un poisson l'effleure. Ça me chatouille et, d'instinct, je recule brusquement.

Ce mouvement soudain fait bouger ce que je prenais pour la berge et je tombe la tête la première dans l'eau.

C'est glacé. Malgré la chaleur du soleil qui brille sur les vagues, l'eau est si froide que j'arrive tout juste à me mouvoir. Des poissons s'égaillent, fuyant les mouvements furieux de mes bras, de mes jambes et de ma queue. Je manque d'air. Je ne peux pas résister au besoin d'inspirer. L'eau s'engouffre dans mes poumons, m'asphyxie, m'étouffe. C'est horrible, l'eau, vraiment horrible. Je la griffe, cherchant désespérément à sortir, à trouver de l'air. Le courant m'entraîne plus loin. De quel côté est la surface ? Je ne sais même pas ça.

Quelque chose m'arrache au tumulte. Autour de moi, tout part dans la direction opposée, et puis.... de l'air. De l'air tiède qui m'enveloppe dans sa chaleur, entre à flots dans mes poumons et chasse l'eau malvenue en me faisant tousser, à demi étranglée. La chose me pose doucement sur la mousse, à une bonne distance du bord de la rivière.

Quand j'ai enfin terminé d'expulser l'eau de mes poumons, je risque un coup d'œil en direction de mon sauveur.

Les yeux jaune clair de Batou me considèrent avec ce que je crois être de l'inquiétude.

Tremblante, je saute sur mes pieds et je prends son museau dans mes bras en chuchotant :

– Merci.

Sans ce dragon, tous les efforts de mon père pour me ramener à la vie auraient été vains. J'ai été si sotte. Il faut que je sois prudente, pas seulement pour moi, mais aussi pour papa.

Je suppose que tu n'as pas encore appris à nager, ma sœur.

En guise de réponse, je le serre plus fort contre moi. Et j'entends à nouveau ce bruit de rochers qui tombent – son rire.

Alors la prochaine fois, tu ferais peut-être mieux d'essayer quand il n'a pas plu et que l'eau n'est pas aussi haute.

Je lâche sa tête et je tombe à genoux. J'ai toujours les mains tremblantes et mes griffes refusent de se rétracter.

– Je ne pense pas réessayer de nager. Je n'en avais même pas l'intention. Je suis tombée.

Je replie les mains pour tâcher de forcer mes griffes à rentrer dans mes doigts.

– ... Je dois faire plus attention. Il y a trop de choses en jeu.

L'énorme tête du dragon s'incline d'un air interrogateur.

– ... Mon père. Il a fait tant de sacrifices pour moi. Je lui manquerais. Et nous n'avons pas encore neutralisé cet ignoble sorcier.

Le dragon souffle de l'air humide dans ma direction.

Ne parle pas de lui. Il joue avec des forces obscures et il a beaucoup de monde sous son influence. On ne sait jamais qui pourrait être en train d'écouter.

Des forces obscures. Curieusement, ça me rappelle une chose que Batou a dite à propos de papa un jour. Je frissonne, même si je ne sais pas si c'est à cause de la brise froide et de ma robe trempée ou à cause des paroles de Batou.

– Comment peut-on les distinguer de nous autres ?

On ne peut pas. C'est bien ça le problème. Pas avant qu'ils nous aient trahis. Le sorcier est le roi des secrets.

La porte de la tour et le coffre réfrigérant fermés à clé l'un et l'autre me reviennent soudain à l'esprit, avec cette vision d'une petite main aperçue une fraction de seconde. Mais est-ce que c'était bien ça ? Je ne sais plus. Papa a peut-être des secrets, mais c'est pour pouvoir battre le sorcier. Ça, j'en suis certaine.

– Est-ce que quelqu'un t'a trahi ?

Batou s'assombrit.

Nombreux sont les humains qui ont trahi les dragons, et aussi leurs semblables, sous l'emprise d'un sorcier. La magie peut vous faire faire des choses que vous n'auriez jamais faites autrement. Je faisais confiance aux humains autrefois. Je vivais même avec eux. Quand nos cavaliers ont commencé à se changer en sorciers et que nous avons pris la fuite, ils ont ensorcelé des villages entiers pour qu'ils se lancent à notre poursuite. Les humains et les hybrides avec lesquels nous avions vécu de longues années étaient soudain devenus nos ennemis.

– C'est horrible. Les hybrides aussi ? On aurait pu imaginer qu'ils resteraient à distance des sorciers.

C'était avant que les sorciers se mettent à les chasser. Il y avait un village de centaures près de la montagne où mon clan se cachait, et les rivières comme celle-ci grouillaient de sirènes. Au début, ils nous aidaient, nous prévenaient si des sorciers se trouvaient dans la région. C'étaient nos amis. Jusqu'à ce que le sorcier les envoûte. Ils l'ont conduit droit à notre caverne et il a assassiné la moitié de mon clan avant qu'on puisse s'échapper. Plus tard, on a su comment il avait récompensé ceux qu'il gardait sous son emprise : il les a tués, eux aussi, pour récupérer un peu de magie dans leurs os.

Je frémis.

– Alors ceux qui le servent n'ont pas le choix ?

Pas du tout. La plupart d'entre eux ne savent même pas qu'ils sont envoûtés et ne gardent aucun souvenir de ce qu'ils font jusqu'à ce qu'il soit bien trop tard.

– C'est pour ça que tu ne voulais pas que je parle de toi à qui que ce soit ?

Batou acquiesce.

Tu dis que tu vas souvent à Bryre, ma sœur?

– Oui.

Reste constamment sur tes gardes. *Il y a quelque chose de malsain qui est à l'œuvre là-bas, et ça sent le sorcier à plein nez.*

– Voilà précisément pourquoi je dois y aller. Je peux me battre contre lui avec des moyens que les humains n'ont pas. C'est mon devoir de les aider.

Tu es courageuse pour quelqu'un de si petit.

Batou souffle, mais je crois que c'est de l'approbation.

Si tu dois aller en ville, alors viens le plus souvent possible à la rivière. *Le sortilège d'envoûtement a une odeur que je n'oublierai jamais, je pourrai te prévenir si cette odeur est sur toi.*

La peur me gagne.

– Je n'ai pas cette odeur en ce moment, si?

Il secoue son énorme tête.

Je suis soulagée, mais toujours un peu perplexe.

– Il y a d'autres moyens de s'en assurer? Mon père, par exemple, il déteste encore plus le sorcier que toi et moi confondus! Il a tout perdu à cause de lui. Et même s'il va dans les marchés ambulants, il ne se rend jamais en ville. Il est sûrement impossible qu'il soit sous l'emprise du sorcier.

On ne peut jamais en être absolument certain, même dans le cas de ton père. *Le seul moyen de rester totalement en sécurité, c'est de se cacher.*

– Je dois aussi rester hors de l'eau.

Le dragon lâche un de ces gloussements qui font un bruit de pierres râpées l'une contre l'autre, et ça me fait sourire.

– Je te remercie encore une fois de m'avoir sortie de là.

J'embrasse le côté de son museau. C'est peut-être une illusion d'optique, mais je pourrais jurer que pendant un instant, ses écailles couleur granit ont pris une légère teinte rougeâtre.

▪ 38ᴱ JOUR

Ce soir, Ben me montre un raccourci pour traverser une partie de Bryre où je ne m'étais jamais aventurée – le quartier abandonné qui se trouve entre le palais et les fortifications. Cette zone n'a pas encore été engloutie par la bruyère, mais le sera sans doute bientôt. Le mur d'enceinte est plus délabré ici que dans le reste de la ville. Des pousses rampantes en jaillissent par endroits comme si elles cherchaient à atteindre les arbres qui se trouvent à l'extérieur. Des tiges épineuses passent par-dessus le mur et descendent vers le sol mousseux de la forêt, de l'autre côté. Des pans éboulés de pierre et de mortier gisent partout par terre, éparpillés. Le clair de lune baigne toute la scène d'argent et d'ombre, la teintant d'une lueur fantomatique.

Si je ne savais pas à quoi m'en tenir, je penserais que cette plante rampante a décidé de démanteler la ville, brique après brique. Cette idée me glace.

Quand on passe devant le portail du palais, je me mets à parler du jardin pour tenter de chasser de mon esprit la bruyère et toute autre pensée déplaisante. Après mes vains efforts pour découvrir ce que papa faisait dans le laboratoire ces derniers après-midi, je suis d'humeur plus bavarde que d'habitude. Je pense que j'ai simplement envie de penser à autre chose – n'importe quoi d'autre. Tout ce qu'a admis papa, c'est qu'il a fabriqué de nouvelles poules.

– Pourquoi entretiennent-ils le jardin, à ton avis? je demande.

La main de Ben est chaude dans la mienne. Sent-il mon pouls qui palpite au bout de mes doigts?

– Pour sauver les apparences, essentiellement.

Il était tout sourire, mais à présent, une ombre passe sur son visage.

– Les Bryrois ne savent pas que leur roi se cache, juste que le palais est fermé à tout le monde sauf aux membres du conseil.

– Quelle raison leur a-t-on donnée pour expliquer sa fermeture?

– Le deuil. Pour les filles que le sorcier a assassinées.

Je regrette de l'avoir interrogé. J'aurais dû le deviner. Je presse sa main en souhaitant de tout mon cœur qu'il retrouve le sourire.

– Bien sûr.

– Tu permets que je te pose une question? dit Ben.

Son visage se déforme d'une étrange façon.

– Oui.

– Pourquoi tu viens en ville toutes les nuits? Je sais que j'ai dit que je ne devrais pas être indiscret, mais je te dirai ce que je fais si tu me dis ce que tu fais. Je suis inquiet pour toi. Le sorcier enlève des jeunes filles et, en général, ça se passe la nuit.

Il prend mes deux mains entre les siennes et un seul regard suffit à me couper le souffle.

– Je me suis attaché à toi, Lou, et je ne supporterais pas qu'il t'arrive quelque chose.

J'ai la tête qui tourne. Ben est attaché à moi. Merveilleux, non? Mais je ne peux pas trahir papa, pour personne. Même Ben.

– Je t'ai déjà dit que je travaille pour le roi. Que je suis son page, continue-t-il. C'est vrai. Mais je suis également chargé de transmettre les messages entre le roi et ses conseillers. C'est eux qui ont souhaité qu'il se cache. Ils ont peur qu'il fasse une cible trop facile pour le sorcier s'il reste au palais. Et vu la croissance fulgurante de ce massif de bruyère, je dois dire qu'ils ont peut-être raison.

Il se tait et me regarde avec espoir.

– Mon père est très... surprotecteur, dis-je. Il refuse de me laisser entrer dans Bryre pendant la journée. Mais quand il dort, je sors en cachette. J'adore cette ville, ses ruelles, ses routes et ses fontaines. C'est le seul moment où je peux ne serait-ce que deviner l'existence d'autres personnes. Je voudrais tant pouvoir revenir en plein jour pour l'explorer davantage.

– Sois prudente, je t'en prie. Je t'avoue que j'aime bien te voir ici la nuit. Mais c'est très dangereux.

Je souris.

– Pas si dangereux que ça. Tu es là pour me protéger, non?

Ben accélère à nouveau l'allure.

– Toujours. Mais je ne peux pas te protéger contre le sortilège qui rend malade.

– Ce sortilège... comment il marche? Tu le sais?

– Plus ou moins. Il n'affecte que les filles de Bryre. Mais n'importe qui peut en être porteur sans le savoir.

Je souris.

– Alors tu n'as pas besoin de t'inquiéter pour moi. Je ne suis pas une fille de Bryre.

Un éclair de surprise s'allume dans les yeux de Ben.

– Non ? Mais si tu viens ici assez souvent, le sortilège pourrait croire que tu en es une.

– Je doute que le sortilège soit si malin que ça, dis-je – et Ben se détend de manière visible.

Il s'arrête devant un bâtiment inhabituel. La base est rectangulaire, mais le haut se termine par des pointes avec de grandes fenêtres colorées recouvertes d'une fine grille en fer forgé.

Je fais un pas vers le portail.

– Qu'est-ce que c'est que cet endroit ?

Mon expression amuse Ben.

– Ça s'appelle une église. Tu veux entrer ?

– Oh oui.

Il ouvre la lourde porte pour moi, puis me prend la main et m'entraîne à l'intérieur.

– Qu'est-ce que tu en penses ?

Des rangées de bancs occupent la majeure partie de l'espace jusqu'à une estrade en marbre. D'immenses tapisseries représentant des dragons, des sirènes et des centaures s'étendent sur les murs entre les fenêtres. Des centaines de bougies presque entièrement consumées donnent à ce lieu une atmosphère douce et rougeoyante.

– Magnifique, dis-je dans un souffle.

Ben me presse la main et me tire vers les fenêtres.

Le clair de lune joue avec ses cheveux, qu'il teinte de couleurs délavées. Ce n'est qu'un pâle reflet de ce que ferait le soleil à travers les vitraux, mais l'effet est quand même éblouissant. Je lève les mains pour en observer l'effet sur moi. Ça me rappelle les teintes bigarrées de ma peau cachée sous ma cape. Je range mes mains. Elles risquent trop de trahir ma vraie nature.

– Quand tu m'as dit que tu adorais les silhouettes taillées dans les buissons, j'ai pensé que ces vitraux allaient peut-être te plaire aussi, reprend Ben.

Les fenêtres ne sont pas juste des assemblages de verre teinté comme je l'ai pensé au début. Ce sont des tableaux mettant en scène des créatures, de la même façon que mes livres, sauf qu'elles sont gigantesques et illuminées comme des joyaux. Je presse doucement la main sur un des dragons. Ses écailles argentées me font penser à Batou.

– Pourquoi est-ce qu'elles sont représentées ici, ces créatures ? Et celles qui sont taillées dans les buissons, au palais ? C'était qui ?

Ben a un sourire étrange.

– Ce sont juste des décorations, Lou.

– Quoi ?

Je sais de source sûre que c'est faux.

– Ça a existé autrefois, ça ou quelque chose du même genre. Mais il n'y en a plus, maintenant.

– Mais tu as dit qu'il y avait un sorcier dans les parages. Et de la magie. Ce sont des créatures magiques, non ?

– La seule magie qui reste dans ce monde est une force sombre et destructrice.

Ben fait la grimace, puis regarde le dragon du vitrail qui est au-dessus de nous.

– Peut-être que les choses étaient différentes autrefois, mais maintenant, c'est comme ça.

Mon souffle me reste coincé dans la gorge quand je revois l'expression de Ben l'autre soir dans le jardin.

– Tu as perdu quelqu'un à cause de la magie du sorcier. C'était qui ?

Il détourne vivement la tête et serre ma main plus fort dans la sienne. Je regrette aussitôt ma question impulsive.

– Je suis désolée. Tu n'es pas obligé de m'en parler.

Son hésitation flotte dans l'air entre nous comme un gros nuage de brouillard.

Au bout d'un moment suffisamment long pour que je croie avoir gâché notre soirée, Ben reprend la parole :

– Je me demandais si tu aimais la musique.

La musique. J'en ai entendu parler, bien sûr. Dans mes livres. On joue de la musique dans les bals, mais je ne comprends pas très bien ce que ça veut dire.

– Je ne sais pas. C'est quoi, la musique ?

Ben change d'expression, affichant un air incrédule.

– Tu es sérieuse ? Il n'y a pas de musique là d'où tu viens ?

– Pas que je sache, non. Tu veux bien me montrer ?

Son sourire revient, à mon grand soulagement.

– Viens.

Ben m'entraîne dans un couloir orné de tapisseries baignées d'ombres, tout au fond de l'église, et entre finalement dans une pièce annexe. La lumière de la lune filtre par les hautes fenêtres, révélant des objets aux formes étranges. Certains sont accrochés aux murs, d'autres posés dans les coins.

– Qu'est-ce que c'est que tout ça ? je demande en passant les mains sur l'un de ces objets, doté de nombreuses cordes tendues au-dessus d'un trou découpé en son centre.

Je retire vivement ma main quand les cordes vibrent et qu'un son résonne dans l'air.

– Des instruments de musique. Celui-ci, c'est un luth. Tu n'as aucune raison d'en avoir peur.

Il me fait un clin d'œil et passe les doigts dessus, lui aussi, mais d'une façon différente. Le son produit est plus agréable, cette fois.

– Comment tu as fait ça ?

Je considère le luth puis Ben avec stupeur.

– Il faut s'entraîner pour jouer d'un instrument. Je ne connais que celui-ci, un tout petit peu.

Il détache un autre instrument d'un crochet au mur. On dirait un assortiment de roseaux de différentes tailles attachés ensemble. Il me le tend.

– Qu'est-ce que je dois faire avec ça ?

Je le retourne, perplexe.

Il le penche vers mes lèvres.

– Souffle dans les tuyaux.

Je m'exécute, mais le son est faiblard. Je lui rends l'objet en riant.

– Je ne suis pas douée pour la musique.

– Je vais faire de toi une musicienne, tu verras.

Il s'assied à côté de moi sur le banc. La chaleur de sa jambe traverse ma cape et ma jupe. Si seulement je pouvais retirer ma cape et me rapprocher de Ben ! Mais dans ce cas, il verrait mes ailes et mes boulons.

Il saurait que je suis différente. Je n'ai pas envie de vérifier si papa a raison, si Ben me prendrait en horreur. Mon cœur est on ne peut plus humain ; Ben n'a pas besoin de savoir que mon corps ne l'est pas.

– C'est une flûte de pan. Ça, j'en joue bien.

Ben porte la flûte à ses lèvres.

Le son s'enroule autour de moi – la *mélodie*, d'après les mots qui me viennent à l'esprit. Il se module et virevolte, si triste que je suis au bord des larmes.

C'est donc ça, la musique...

La mélodie monte et retombe au gré du rythme que Ben entend dans sa tête. La musique et lui ne font qu'un ; elle le transforme complètement. La pièce tout entière se met à vibrer, et un embryon de souvenir me chatouille le cœur.

Tout ça grâce au garçon qui sent le pain chaud et à un ensemble de roseaux attachés avec de la ficelle.

Peut-être que c'est une sorte de magie, la musique.

Le son ralentit pour se réduire à une note unique, envoûtante. Elle rebondit d'un mur à l'autre, résonne dans ma tête et dans mon âme. J'ai les mains qui tremblent. Si la musique est une forme de magie, c'est une magie puissante. Et bienfaisante, j'en suis certaine. Jamais le sorcier ne pourrait créer quelque chose d'aussi beau que ça.

Ben repose la flûte sur ses genoux. Le silence me donne terriblement envie d'en entendre davantage.

– C'était merveilleux, je murmure.

Ben a un sourire teinté de tristesse.

– J'ai appris à en jouer avec... avec la personne que j'ai perdue.

Les doigts tremblants, je pose une main consolatrice sur son bras.

– Je suis désolée, tu n'es pas obligé de...

– Non, me coupe Ben, le visage encore plus marqué par la tristesse. J'ai assez de secrets comme ça. La personne que j'ai perdue était une bonne amie. La meilleure des amies, à vrai dire. Elle a été l'une des premières victimes.

– Elle te manque.

Ce n'est pas une question. Je lui prends la main.

– Comment était-elle ?

– Elle avait toujours un mot gentil et un sourire pour tous ceux qu'elle rencontrait. Je n'ai pas le souvenir d'une époque où nous n'aurions pas été amis. Ça fait plusieurs mois, mais c'est toujours aussi bizarre de vivre sans elle.

Son regard scrutateur se plonge dans le mien.

– Tu as perdu ta mère. Tu ressens un vide, toi aussi ?

Certainement. Et ce trou s'agrandit depuis quelque temps. Il y a bel et bien un vide en moi. Une pièce manquante. Un espace qui était comblé autrefois et qui ne l'est plus.

– Oui, je chuchote.

On reste assis là un moment, les mains mêlées, sans parler. Nos cœurs battent au même rythme.

Pendant quelques instants, juste avant que les bougies s'éteignent, je me dis qu'on pourrait peut-être le combler, ce vide.

▪ 39ᴱ JOUR

L e soleil me réveille bien plus tard que d'habitude,
aujourd'hui. Il s'avance sur mon visage, chassant les
ombres comme des toiles d'araignées. Je rejette mes couvertures avec un sursaut. Il est presque midi. Papa ne m'a
même pas réveillée pour que j'aille nourrir les poules.

Est-il possible qu'il sache pourquoi je suis rentrée à la
maison si tard ce matin? Est-il au courant que j'ai traîné
un peu trop longtemps avec Ben et sa musique? J'ai quand
même délivré une autre fille. C'est tout ce qui compte, au
fond.

J'enfile ma robe bleu pâle et je sors de ma chambre sur la
pointe des pieds. Je jette un coup d'œil dans la cuisine et le
salon. Papa s'est assoupi dans son fauteuil, un livre ouvert
sur les genoux, avec Pippa qui ronfle à ses côtés.

On ne peut pas dire qu'il bouille de rage en attendant
que je me réveille.

Je chipe une pomme sur le plan de travail et je passe discrètement devant papa pour gagner la porte de la maison.
Mes roses doivent avoir besoin de moi. Je devrais m'assurer
qu'elles ont assez d'eau. La porte grince quand je l'ouvre.

– Louna? C'est toi?

Je vole auprès de papa avec mon sourire le plus innocent.

– Bon, je vois que tu as enfin décidé de te joindre à nous. D'ici une heure, j'allais envoyer Pippa te tirer du lit.

– Merci de m'avoir laissée faire la grasse matinée. Ce n'était pas mon intention.

Il tend la main pour prendre la mienne.

– Ça va, ma chérie? Tu as des insomnies?

Je saute sur la perche qu'il me tend.

– Oui, j'en ai bien peur.

– Viens t'asseoir. Qu'est-ce qui te perturbe?

Même si j'ai commencé par un mensonge, il y a beaucoup de choses qui me perturbent ces temps-ci.

– J'ai délivré une foule de filles de la prison secrète du sorcier, mais il y en a toujours plus chaque soir. Comment fait-il pour les introduire dans la prison sans que personne le surprenne?

– Ah, c'est une bonne question. Il y a beaucoup de gens qui sont sous l'influence du sorcier. Ils font tout ce qu'il leur demande et ils trompent leurs proches, souvent sans même s'en rendre compte. Ce sont ces gens-là qui enlèvent de l'hôpital les victimes du sorcier, une fois qu'elles sont suffisamment mal en point, et que tu dois éviter ou berner chaque nuit. Ils livrent les petites malades au sorcier pour qu'il puisse les tourmenter à sa guise dans sa prison. Impossible de savoir à qui se fier. Voilà pourquoi il est si important que tu n'ailles en ville que la nuit, quand personne ne peut te voir. Même si les gardes s'attendent à ta visite, l'obscurité te donne l'avantage dont tu as besoin.

Un frisson me glace les reins.

– Il se sert d'eux et ils ne le savent même pas? Comment il fait?

– Ma chérie, la magie peut accomplir toutes sortes de choses. Contrôler le comportement des gens en est une parmi d'autres, ce n'est même pas la plus impressionnante.

Je déglutis, la gorge nouée. Voilà qui confirme ce que Batou m'a dit il y a quelques jours. Le sorcier a envoûté les gardes. Je voudrais bien pouvoir parler du dragon à papa, mais notre pacte de sang me condamne au silence. Je n'aime pas lui cacher des choses.

– C'est affreux, dis-je en serrant les poings contre ma jupe.

– Oui. Et c'est pour ça que nous devons le mettre hors d'état de nuire. C'est pour ça que tu dois rester invisible et continuer à sauver ces filles. Ce n'est qu'à cette condition que nous pourrons l'empêcher de les sacrifier pour sa magie noire.

Hélas, ça signifie également que je dois éviter Ben ! Pendant un long et insupportable moment, j'envisage de ne plus jamais m'arrêter à la fontaine pour le voir.

Le vide en moi s'agrandit, menaçant de m'engloutir tout entière.

Je ne peux pas y penser trop longtemps – c'est trop horrible. Que ça me plaise ou non, que ce soit bien ou mal, il faut que je voie Ben. Chaque cellule de mon corps frémit à l'avance, et se fige à l'idée de mener une vie dont il ne ferait pas partie.

– Papa...

Je ne sais pas trop comment formuler ma question suivante.

– Y a-t-il quelque chose qui ne va pas chez moi ? Quelque chose qui manque ?

J'ai besoin d'expliquer cette sensation de vide dans ma poitrine qui persiste malgré toutes les roses du monde et malgré papa, Ben et Batou.

– Quelque chose qui ne va pas chez toi ?

Papa pose une main sur ma joue.

– Non, Lou, tu es parfaite.

– Mais je n'ai pas le sentiment d'être parfaite. Il me manque quelque chose.

Papa fait la grimace.

– Ah oui. Tes souvenirs, j'imagine.

Il soupire.

– ... C'est mon plus grand regret, ça. C'est une partie de toi que je ne peux pas ramener à la vie.

– Je n'en suis pas sûre.

Je fronce les sourcils. En effet, j'ai l'impression que mes souvenirs reviennent, petit à petit, même si papa m'assure que c'est impossible. Ou alors c'est que je deviens folle. Ce sont les seules explications pour les visions qui assaillent parfois mon esprit.

– Mais qu'est-ce que ça pourrait être d'autre ? demande papa.

– Je ne sais pas. Je suppose que tu as raison.

Je tortille la bordure en dentelle de ma ceinture. Il n'a pas raison. Ça, j'en suis sûre. Tellement sûre que j'en ai les mains tout engourdies.

Papa a *tort*.

Ce ne sont pas les souvenirs qui ont laissé ce trou en moi, mais ce qu'il y avait dans mes souvenirs. Ces parties de ma personne qui faisaient de moi un être humain autrefois, et que j'ai perdues. Mes souvenirs de papa, auxquels je n'ai pas accès. La fascinante silhouette de ma mère, mais jamais son visage. Toute une vie que j'aurais aussi bien pu ne pas avoir vécue, vu le peu que j'ai gardé en mémoire.

– Peux-tu me parler un peu plus de ma vie d'avant? De ma mère?

Il y a tant d'autres questions que j'aimerais poser. Comment me suis-je liée d'amitié avec un jardinier du palais? Qui était cette petite fille blonde? Mais je commence doucement pour le moment.

Je lui fais mon meilleur regard suppliant jusqu'à ce que papa se détourne, le visage entre les mains. Ça me brise le cœur – pour nous deux. Ce qu'il ne supporte pas de me dire est précisément ce que j'ai le plus besoin de savoir.

Ce vide est une chose que papa ne peut pas réparer.

La lune brille au-dessus de la ville, si basse que je pourrais presque aller la toucher. J'ai tout le temps l'impression de voler, maintenant, quand je suis à Bryre.

À cause de Ben.

Papa ne serait pas d'accord, mais je ne peux pas m'en empêcher. Ma poitrine se gonfle chaque fois que je vois Ben, et ça comble le vide dans mon cœur, même si c'est juste provisoire. Par moments, j'ai peur d'exploser. Je me demande si celle que j'étais avant a jamais ressenti ça.

Je trace des cercles autour du reflet de la lune dans la fontaine. Ben est en retard et je suis de plus en plus inquiète à chaque seconde qui passe. Si je ne suis pas de retour à l'aube, papa va se fâcher. Pire : il saura qu'il y a autre chose que ma mission qui me retient à Bryre.

Soudain, le décor qui m'entoure disparaît et je me retrouve dans l'effervescence d'un marché plein de gens, de couleurs et d'odeurs de toutes sortes. Carrioles et chevaux forment une masse compacte, mais je circule au milieu de tout ça comme si je savais où je vais. Je tiens la main de quelqu'un dans la mienne, une main chaude et douce et décidée. Je ne vois pas le visage de la personne, mais je sens une légère odeur de pain chaud saupoudré de cannelle.

Mon cœur manque cesser de battre. Même si je ne vois pas son visage, je n'ai aucun doute : la personne qui marche à côté de moi dans ce fragment de souvenir, c'est Ben.

Des voix retentissent dans une ruelle voisine, me ramenant brutalement au présent, et ce sentiment de bonheur et de plénitude disparaît trop vite à mon goût.

Celle que j'étais avant a connu Ben. Elle le connaissait et elle était attachée à lui...

À moins que papa ait raison et que ce soit juste mon imagination qui interprète ces fragments à sa façon. Mais celui-ci me semblait si réel – comme tous les autres, d'ailleurs – que je suis bien obligée d'y croire un petit peu.

Les voix se rapprochent. Vite, je me cache derrière la fontaine et je m'accroupis. Ma cape couvre tout sauf mes yeux. Je jette un coup d'œil par-dessus la margelle. Je reconnais la voix de Ben, mais à qui parle-t-il si tard le soir ?

Il apparaît avec une fille à qui il chuchote quelque chose à l'oreille. Elle a une cape rabattue sur les épaules et elle glousse à cause de ce qu'il lui dit. Une sensation de brûlure envahit ma poitrine.

Cette fille ne me plaît pas, avec ses jolies boucles blondes, ses joues roses et ses yeux bleu clair. Elle pourrait sortir tout droit d'un de mes contes de fées.

Ça ne me plaît pas qu'elle se promène avec Ben et lui parle avec tant de familiarité. Alors qu'il était censé avoir rendez-vous avec moi.

Elle n'a pas de minuscules boulons à la base du cou à cacher. Sa peau arbore une couleur uniforme, un teint de lait et pas cet arc-en-ciel de roses et de bruns qui compose la mienne. Je voudrais bien pouvoir ôter ma cape, comme elle. Elle est humaine et fière de l'être et moi... non.

Jalousie.

Oui, voilà le mot que me souffle mon cerveau et je pense que ça correspond bien.

Ils s'approchent, passent juste devant la fontaine et ma cachette. Ben m'a-t-il déjà oubliée? Cette pâle créature l'a-t-elle envoûté? Pourquoi l'aurait-il amenée à notre fontaine, sinon? La brûlure se mue en tiraillements, comme si les coutures qui me permettent de rester d'un seul tenant étaient en train de craquer.

J'arrive tout juste à me retenir de me jeter sur eux et de leur arracher les yeux à tous les deux. Mes doigts sont douloureux sous la pression des griffes qui brûlent d'être libérées. Pourquoi Ben me fait-il un coup pareil?

Je reste cachée tandis qu'ils s'éloignent dans la ruelle opposée à celle qui mène à la prison. Un gémissement monte dans ma poitrine et je n'arrive pas à l'étouffer. Il m'échappe et l'eau de la fontaine le renvoie en écho.

Ben m'a préféré cette jolie fille.

L'emmène-t-il dans les jardins du palais? Ou dans l'église à la myriade de couleurs? Va-t-il lui jouer de la musique, comme il l'a fait avec moi?

Je croyais qu'il y avait quelque chose de spécial entre nous. Quelque chose qui ne s'oublierait pas facilement.

Qu'est-ce que j'espérais? Papa m'a prévenue que ce serait comme ça. Que les humains ne pourraient pas me comprendre ni m'apprécier. Jamais un humain ne voudra d'un hybride comme moi.

Je croyais que Ben m'aimait bien, qu'il était attaché à moi. Un torrent de larmes coule sur mes joues, et la lune frissonne dans le ciel. Je croyais que Ben était mon ami. Mais non. Il m'a déjà oubliée.

Je sais ce que dirait papa. Il me dirait que je dois l'oublier, maintenant.

Je sors de ma cachette et je cours vers la prison. Je vais prendre la première fille que je verrai et rentrer à la maison. Je n'attendrai plus Ben à la fontaine.

Pendant que je cours, mes larmes cèdent la place à la honte. Je me suis laissé distraire, ces derniers temps. J'ai négligé l'objectif pour lequel j'ai été créée. J'ai trahi papa. J'ai trahi la mère dont je ne me souviens plus. Je me suis trahie moi-même.

Tout ça pour un humain stupide et déloyal.

Je m'introduis dans la prison, mais cette nuit, je suis tellement en colère que je me laisse porter par ma fureur. Je ne me sers pas du somnifère en poudre de papa; j'entre par une fenêtre, surprenant les gardes à leur poste. Ils tombent au sol tous les sept, sans connaissance, avant que ceux qui surveillent la chambre des filles aient ouvert la porte. Je hurle à la mort sous la lune qui illumine les lieux, et l'un des gardes de la relève s'échappe en courant dans la rue. Ceux qui restent ont tiré leur épée de leurs mains tremblantes et tentent de me cerner. Je me jette dans la mêlée en donnant de grands coups de queue de tous côtés, et ils s'écroulent comme des masses. Les filles chuchotent dans la pièce d'à côté, ce qui m'arrête un instant. Je ne veux pas leur faire la même chose.

Je dégage le flacon de poudre de ma ceinture et je le jette dans leur chambre. Les filles lâchent un hoquet d'horreur quand il se brise, mais il n'y a bientôt plus un bruit.

Je me glisse dans la pièce et je pique la fille la plus proche, juste pour être sûre qu'elle ne risque pas de se réveiller pendant le vol de retour. Je la cale sous mon bras, je referme bien ma cape et je fuis la prison.

Pendant un bref instant, j'envisage de traquer l'homme qui s'est échappé. Je le repérerais grâce à l'odeur de sa peur, comme les lapins que je chasse pour le dîner. Mais il y a tant de monde, tant de pouls qui palpitent dans chaque maison que je croise, que ça me prendrait toute la nuit de le retrouver.

Non, il est plus important de mettre cette fille en sécurité.

Je disparais dans l'ombre, avalée par les ruelles de Bryre.

J'entends mon nom dans le vent, derrière moi.

– *Lou ! Lou !*

Je l'ignore. Je ne me détournerai plus de ma mission.

• 42ᴱ JOUR

J'accorde toute mon attention à papa aujourd'hui. J'ai passé ces derniers jours à bouder dans mon jardin. Mes roses sont ma seule source de joie ces temps-ci. Papa sent que quelque chose a changé en moi, mais ne me pose pas de questions. Il n'imagine pas que ça puisse avoir le moindre rapport avec le garçon qu'il m'a interdit de fréquenter. Il serait déçu, sinon.

Pas question de le décevoir. Papa a besoin de moi. Et moi de lui.

Je n'ai pas besoin de Ben.

Cette vision que j'ai eue, celle où je lui tenais la main, n'a fait qu'aggraver les choses. Celle que j'étais autrefois l'a peut-être connu. Je me demande s'il m'a également préféré cette fille dans ma vie d'avant. Ou bien est-ce que c'était moi, l'amie proche qu'il pleure encore? Vu ce qu'a fait le sorcier, je soupçonne que Ben a perdu beaucoup d'amis, et pas seulement la fille que j'ai été.

C'est drôlement dur de ne pas penser à lui.

Ça m'est douloureux d'évoquer son nom, comme si ces trois lettres renfermaient une sorte de magie. Quand je jardine dans ma roseraie, le parfum me fait penser à lui.

Rien que ce matin, j'ai sorti plusieurs fois ses roses séchées d'entre les pages de mon livre. Il me comblait et maintenant, je me sens de nouveau vide. Le gouffre en moi est pire qu'avant. C'est fou qu'une personne puisse ainsi en vider une autre de toute sa substance.

Ça ne me plaît pas du tout.

Je me répète sans arrêt l'histoire que papa m'a racontée sur le sorcier. Cet homme serait prêt à assassiner toutes les filles de Bryre pour étancher sa soif de magie noire. À pomper toute l'essence magique de Batou. À consumer papa dans ses flammes maléfiques. À détruire Bryre brique après brique. À me tuer, moi – une deuxième fois.

Ma mission comblera ce vide dans ma poitrine. Papa compte sur moi. Je dois sauver les enfants et trouver le sorcier pour l'éliminer. C'est seulement alors que papa et moi pourrons vraiment être en sécurité.

En arrachant distraitement des mauvaises herbes, je me demande comment va Batou en ce moment. Je l'ai négligé, lui aussi. Papa n'est pas allé au marché une seule fois cette semaine, alors je n'ai pas pu m'aventurer près de la rivière pour voir Batou. J'ai traîné dans mon jardin, en repensant tristement à mes rendez-vous nocturnes avec un garçon à qui je n'aurais jamais dû adresser la parole.

Depuis sa cachette dans l'ombre de la haie, Pippa gémit. La terre tremble sous mes genoux. Je renifle l'air. C'est Arnaud qui vient chercher les filles. Je reconnaîtrais son odeur à deux kilomètres. Je plisse le nez, mais je me lève pour le saluer quand sa carriole apparaît. C'est un ami de papa ; je dois être gentille avec lui.

Et cacher mes attributs supplémentaires. Papa a lourdement insisté sur ce point. Je resserre ma cape autour de moi, je relève ma queue et j'aplatis mes ailes dans mon dos.

Arnaud soulève son chapeau en arrêtant son cheval et sa carriole en forme de caisse devant la maison.

– Bonjour, mademoiselle Lou, dit-il. Votre père est là ?

– Bien sûr, je vais le chercher... et aussi votre cargaison.

Je file vers la maison avec un peu trop d'empressement, mais je suis toujours mal à l'aise avec la plupart des humains.

Tous sauf Ben.

Papa est devant le feu, en train de lire.

– Arnaud est arrivé, dis-je.

Il referme son livre.

– Formidable. Va chercher les filles, tu veux ? Donne-leur une dose supplémentaire. Autant éviter qu'elles se réveillent trop tôt et qu'elles aient peur.

– Bien sûr. Arnaud veut te parler, je crois.

Papa pousse un long soupir.

– Ah oui. Il veut toujours me parler.

Il se décolle péniblement de son fauteuil et ça me fait un choc de remarquer à quel point il est fatigué. Il est costaud, c'est sûr, mais son travail l'affaiblit. Ses expériences tardives dans le sous-sol de la tour lui coûtent cher. Mais c'est toujours lorsque Arnaud vient qu'il semble le plus harassé.

La culpabilité me fait l'effet d'un coup de poing dans la poitrine. Comment ai-je pu douter une seule seconde de papa ? Ce qu'il cache dans son laboratoire, quoi que ce soit, fait partie de son grand projet, j'en suis sûre. Comme toujours, il m'en parlera quand je serai prête. S'il ne l'a pas encore fait, c'est sûrement à cause de moi.

Et je n'ai pas été follement digne de confiance, ces derniers temps. Même si je rechigne à l'admettre, papa l'a forcément remarqué. Je vais m'amender, rester concentrée exclusivement sur la mission ; ensuite, papa sera plus disposé à me confier ses secrets.

Je me dirige vers la chambre de la tour. Une fille est assise sur son lit et observe ce qui l'entoure. C'est une pièce charmante, avec des murs d'un blanc lumineux et des rideaux de dentelle. Tous les matins, j'y dépose des roses que je viens de cueillir dans mon jardin, même si nos pensionnaires ne sont pas encore suffisamment réveillées pour savoir que c'est moi qui le fais. Conformément aux instructions de papa, je ne leur ai pas parlé.

Depuis la trahison de Ben, je ne peux pas m'empêcher de penser que papa a eu raison de me mettre en garde : c'est dangereux de s'attacher aux humains.

Je tapote le bras de l'enfant. Elle penche la tête pour me regarder, en suçant son pouce. C'est l'une des fillettes les plus jeunes que j'aie délivrées.

Même si je vois que le pain et le fromage que je lui ai apportés tout à l'heure sont toujours intacts, je lui demande :

– Tu as mangé ton déjeuner bien sagement ?

Elle entortille ses cheveux autour de sa main libre et secoue la tête.

– Tu as faim ?

Je pousse l'assiette vers elle. Elle la lorgne avec méfiance, puis tend la main pour s'emparer du pain et en fourre un morceau dans sa bouche. J'attends qu'elle ait fini de mastiquer, puis je déroule ma queue. Elle ouvre des yeux ronds et recule précipitamment sur le lit, vers la fenêtre, comme si elle voulait s'échapper.

Elle va s'échapper. Elle ne le comprend pas encore, c'est tout.

– Il faut que tu dormes pendant ton voyage. Ne t'inquiète pas.

Je lui souris, et elle gémit. Je ne comprends pas les humains. Je cherche à les aider, mais curieusement, ils ne s'en rendent jamais compte. Un jour, elles comprendront, cette fille et toutes les autres.

Ma queue s'abat dans un éclair d'écailles vertes, et la fillette s'affaisse la tête la première sur le lit.

Les autres vont bientôt se réveiller, alors je répète l'opération avec elles, puis je prends la première dans mes bras et je la porte dehors. Papa et Arnaud sont absorbés par une discussion animée dont je n'entends que la fin.

– Tu auras ta récompense le moment venu, dit papa.

– Ce moment a intérêt à arriver vite.

Le visage d'Arnaud est déformé d'une façon que je n'avais encore jamais vue. Je ne sais pas ce que signifie son expression, mais je comprends ce qu'il dit. Que lui a promis papa en échange de son aide?

Le visage de papa s'illumine quand il me voit. Je pose la fille sur le petit lit de fortune fixé aux barreaux du fond de la carriole. Les yeux d'Arnaud percent deux trous dans mon dos pendant que je pars chercher les deux autres filles dans la maison. Je les dépose l'une et l'autre dans la carriole, puis je les attache pour le voyage et je les enveloppe dans des couvertures. Même si elles ont peur de moi, j'éprouve pour elles une affection de grande sœur. Elles étaient vraiment mal dans cette prison. Je veux qu'elles soient heureuses et en sécurité.

Arnaud grimpe sur son siège et fouette son cheval. Je regarde les filles s'éloigner jusqu'à ce qu'elles disparaissent dans la haie.

Papa s'apprête à monter l'escalier. Je lui prends le bras.

– Trois de plus. On en a sauvé combien, maintenant ?

Il me fait un grand sourire.

– Nettement plus d'une douzaine. Tu fais un superbe boulot, ma chérie.

Il m'embrasse sur le front et une délicieuse chaleur m'envahit. Papa est fier. Je ferais n'importe quoi pour que les choses restent comme ça. Il ne découvrira jamais ce que je lui ai caché. Sur Ben et sur Batou.

– C'est quoi, la récompense d'Arnaud, papa ?

Il semble d'abord surpris, puis il se ressaisit.

– Ah, tu as entendu ça ?

Il soupire.

– Arnaud n'est pas comme nous. C'est une sorte de mercenaire, cet homme. Tant qu'on le paiera bien, il gardera le secret de notre localisation et de notre mission.

Je l'aide à s'installer dans son fauteuil près du feu tout en digérant cette information.

– Il ne se soucie pas des filles ?

Voilà qui me laisse perplexe. Comment quelqu'un pourrait-il ne pas se soucier d'elles, avec leurs adorables visages enfantins ?

– Il se soucie davantage de lui-même, c'est tout. Ne te préoccupe pas de lui. Une fois que nous aurons terminé notre mission, Arnaud sortira de notre vie. Mais pour le moment, c'est un allié précieux.

Papa rouvre son livre à l'endroit où il en était arrivé.

– Sa récompense, c'est de l'or ou de l'argent ?

– C'est mon problème, ça, mon enfant, pas le tien. Bien, tu n'as pas une petite incursion à faire en ville ce soir, toi ?

Je souris pour lui faire plaisir.

– Oui, c'est vrai.

– Dans ce cas tu ferais mieux de dîner. Tu vas avoir besoin de tes forces.

Papa a toujours mes intérêts à cœur. Alors j'obéis.

Quand le soleil se couche, j'ai désespérément besoin d'un réconfort quelconque. De quelqu'un qui comprenne ma solitude.

Je ne vais pas directement à Bryre. Mes pieds me portent vers la rivière : l'appel de mon frère dragon est trop puissant pour que je l'ignore. Je vole au-dessus du sentier, guidée par le clair de lune et un léger bruit d'eau qui s'écoule. Des ombres dansent autour de moi, mais leurs formes étranges ne me font pas peur.

Je n'ai rien à craindre des monstres du bois. Je suis un monstre moi-même. Les humains ne peuvent pas, ne peuvent plus m'apporter quelque chose de durable. Je suis trop animale, trop instinctive. Trop de morceaux cassés cousus ensemble.

Mes livres ne précisent pas si les dragons sortent la nuit, mais chaque atome de mon être réclame Batou. Même si ce n'est pas notre habitude, j'espère qu'il viendra me rejoindre au bord de la rivière ce soir.

Quand j'arrive sur la berge, je ferme les yeux et je m'abandonne à mes sens. Un hibou hulule dans un arbre de l'autre rive. Près de moi, l'eau ondoie gaiement, sans se soucier de mes tourments intérieurs. Le parfum des fleurs qui s'épanouissent la nuit, venu du fond de la forêt, flotte jusqu'à moi. Et soudain, une odeur humide, sombre, légèrement métallique imprègne l'air.

J'ouvre les yeux et je découvre Batou qui se déplie devant moi.

Ma sœur, dit-il.

Mes yeux s'embuent quand une aile parcheminée s'enroule autour de moi. Je me sens plus chez moi ici et maintenant que je ne l'ai jamais été à la maison. Papa m'aime et a fait beaucoup de sacrifices pour moi, mais il ne peut pas vraiment comprendre comment c'est d'être ce que je suis. D'avoir les mêmes désirs et les mêmes peurs que les humains, tout en étant irrémédiablement différente d'eux.

Batou, lui, le comprend. Lui aussi, il a vécu parmi les humains, s'est attaché à eux et a été trahi par eux.

Il souffle sur moi son haleine humide.

Qu'est-ce qui ne va pas ?

J'appuie ma tête contre son aile. La lumière de la lune ne s'y réfléchit pas comme celle du soleil. Au lieu de briller d'un éclat argenté, Batou a maintenant une teinte charbon et diamant.

– J'ai commis l'erreur de faire confiance à un être humain. Je n'aurais pas dû m'attacher à lui à ce point.

Je jette un caillou dans la rivière et il disparaît sous les vagues.

– Il m'a préféré quelqu'un d'autre. Une fille... plus jolie. Je n'aurais pas imaginé qu'il puisse me trahir si facilement.

On ne l'imagine jamais.

– Je suis si contente que tu sois là, toi, dis-je, incapable de dissimuler les tremblements de ma voix.

Toujours, ma sœur, toujours.

Je récupère le message que Ben a caché au palais, sans m'arrêter une seule seconde près de la fontaine. Une rose est posée sur la margelle. Une fois de plus. Est-elle pour moi ou pour cette autre fille ? Un goût amer se dépose au fond de ma bouche. Je fuis la fontaine et ses angelots guillerets.

Je ne me laisserai pas distraire, cette fois. Je vais faire ce pour quoi j'ai été créée.

Je vais sauver ces filles et rester à distance de Ben.

Je ne me suis pas aventurée près du palais ces derniers jours, mais ce soir, je me sentais plus hardie. Voir Batou m'a redonné courage. Ben ne me détournera pas un seul instant de ma mission, et papa m'a dit que ça nous aiderait de connaître les intentions du roi et de ses conseillers.

Le message que j'ai mémorisé disait : *Il faut que D. retourne au QG demain matin.*

Je ne peux pas m'empêcher de m'interroger sur D. : c'est qui ? Ou quoi ? Et où est son « QG » ? Mais le déchiffrage de messages, ce n'est pas ma spécialité.

Délivrer des damoiselles en détresse, en revanche, si.

Grâce à ma vue perçante, j'arrive à la prison en un temps record. Je ferme les yeux dans l'ombre, laissant mon odorat m'indiquer le nombre de gardes postés à l'intérieur. Je repère le feu dans la cheminée du bâtiment voisin ; l'odeur maladive des enfants de la prison ; et celle des roses, portée par le vent. Les gardes ont une odeur musquée, une odeur de terre ; la transpiration et la peur leur collent à la peau.

Pendant un instant, je crois sentir l'odeur de Ben – comme un effluve de pain chaud – mais elle s'estompe avant que j'aie pu m'en assurer. Je frémis. Il n'est pas question qu'il vienne troubler mes pensées ce soir. Plus jamais.

Un des gardes, adossé contre la porte d'entrée, s'est assoupi. Le temps d'inspirer et d'expirer longuement plusieurs fois, je l'observe. Il ne bouge pas d'un cil. Dans un infime bruissement d'ailes, je vole vers le toit de la prison, je déplace les bardeaux et je saute par le trou.

Les miasmes qui fourmillent dans l'air me heurtent comme un mur de brique, mais je le traverse résolument. Les filles sont chaque jour plus mal en point. L'ignoble magie de la maladie flotte dans l'espace comme une nuée d'insectes bourdonnants. Deux gardes se détachent du mur et se jettent sur moi ; je les évite et je les pique tout en dégageant le flacon de poudre somnifère de ma ceinture. La porte de la prison s'ouvre avec fracas et d'autres gardes – bien plus nombreux que d'habitude – s'engouffrent en masse dans la salle. L'unique garde posté dehors devait être là pour me donner une fausse impression de sécurité. Je lance le flacon parmi eux et je regarde les tourbillons nébuleux de poudre envelopper aussitôt la moitié d'entre eux. Une poignée de gardes plus résistants que prévu bondit vers moi. Deux seulement sont encore debout quand ils arrivent jusqu'à moi : les autres ont succombé aux effets de l'arme de papa. En sifflant, toutes griffes dehors, je pique les deux derniers serviteurs du sorcier. À mon grand désarroi, l'un d'eux parvient à déchirer ma cape avec son épée avant de s'écrouler. Je vais devoir la recoudre demain, mais pour le moment, je reporte mon attention sur les filles.

Je parcours la pièce du regard, cherchant le lit voisin de celui que j'ai vidé à mon dernier passage, quand je me fige.

Là, dans le lit le plus proche de la porte, il y a la fille qui m'a volé Ben.

J'arrête de respirer pendant une minute entière.

Elle est ravissante, malgré sa pâleur. Ses boucles blondes s'étalent sur l'oreiller, autour de sa tête, mais son visage parfait est désormais gâté par une plaque rouge qui monte de son cou et couvre ses joues, et le dos de ses mains délicates est piqueté de furoncles. Pourtant, curieusement, elle a toujours l'air d'un ange. Est-ce pour ça que Ben la préfère à moi ? Elle est blonde et simple, alors que moi, je suis d'une sombre complexité.

À cet instant, je comprends ce que signifie le mot « haine ». Je hais cette fille. Je hais la manière dont Ben la regardait. Je hais la manière dont elle le regardait. Je hais l'idée qu'il ait pu lui montrer tous les coins secrets de Bryre qu'il m'a montrés à moi.

Mais devrais-je la sauver ? C'est ça, la vraie question. Je pourrais dire à Ben que j'ai délivré sa nouvelle copine et il aurait une dette éternelle envers moi. Elle échapperait au sorcier, à ses tortures et à ses poisons.

Et puis elle serait loin, dans un beau royaume sans danger. Loin de Ben.

C'est terriblement tentant, je ne peux pas le nier. Mais si je la laisse au sorcier, elle sera définitivement inaccessible pour Ben.

Cette tentation-là est encore plus forte.

Mais ça ferait de la peine à Ben. S'il est bel et bien amoureux d'elle, il aurait le cœur brisé. Je ne supporterais pas de le voir dans cet état. Je ne supporte pas l'idée qu'il souffre, même une seconde. Peut-être qu'il ne se soucie pas de moi, mais il sera toujours dans mon cœur, que ça me plaise ou non.

Je dois la sauver.

Avant de pouvoir changer d'avis, je prends ma nouvelle protégée et je fuis la prison le plus vite possible.

Je ne voudrais surtout pas tomber sur Ben alors que j'ai sa copine dans les bras. J'arrive sur le parapet en moins de temps qu'il n'en faut pour le dire et je vole vers chez moi, le cœur plein d'émotions contradictoires – la satisfaction de savoir que j'ai fait ce qu'il fallait, et le désespoir d'avoir vraiment perdu Ben.

▪ 43ᴱ JOUR

Papa m'a interdit de déranger les filles, mais aujourd'hui, je ne peux pas lui obéir. Impossible quand
ma rivale est en train de pleurer dans la tour. Je n'ai pratiquement pas dormi de la nuit ; un mélange de curiosité et
d'hostilité exacerbées m'a tenue en éveil.

J'ai besoin de savoir qui c'est, cette fille qui a détourné
Ben de moi avec une telle facilité. Elle est nettement plus
jolie, mais à part ça, qu'a-t-elle de plus que moi ? Je n'aurais pas cru Ben si sensible à ce genre de charme.

Surtout parce que je croyais qu'il était sous mon charme
à moi.

Mais je me trompais.

Pendant que papa fait la sieste dans son fauteuil avec
Pippa roulée en boule sur ses genoux, je sors de la maison
sur la pointe des pieds et je me dirige vers la tour. Le soleil
réchauffe la peau en patchwork de mes bras. Je suis du
doigt les lignes qui séparent les différents morceaux.

Cette fille n'a pas une peau bizarre comme la mienne. Au
début, je trouvais que mon aspect multicolore avait un certain charme, mais petit à petit, j'ai fini par le prendre en
horreur. Ma peau bigarrée ferait fuir un humain comme

Ben. Il trouverait hideuses la queue et les ailes qui se révèlent si utiles pour ma mission.

Comment se fait-il que tous les attributs que j'apprécie chez moi paraissent répugnants à d'autres ?

On entend les pleurs de la fille à l'autre bout du jardin. Elle doit être à la fenêtre. Est-ce qu'elle regrette Bryre ? Sa famille ? Ben ?

Mes griffes sortent malgré moi. Je serre les poings pour les rétracter.

Moi, en tout cas, je regrette Ben. Je me fiche de savoir si elle aussi.

Je vole dans l'escalier et je m'arrête devant la porte de la chambre, tout en haut. La tête me tourne. Je vais voir ce que c'est que cette fille. Ma queue est enroulée autour de ma jambe, mes ailes sont aplaties contre mon dos et ma cape est bien fermée. Je ne devrais pas trop lui faire peur.

Quand j'ouvre la porte, elle s'écarte précipitamment de la fenêtre avec un petit cri et se cramponne à la tête de lit, les jointures blanchies.

J'en perds la voix. Quelque chose, dans ses yeux plissés, me rend muette.

– Toi, hoquette-t-elle. Qui... ?

J'entends claquer la porte de la maison. Ce bruit bien reconnaissable résonne dans le jardin, en bas. Je n'ai pas beaucoup de temps.

D'un ton impérieux, je demande :

– Comment tu connais Ben ?

– Ben... répète-t-elle dans un souffle.

Elle recule, et un nuage de confusion passe sur son ravissant visage. Ses plaques rouges ont disparu, mais elle est encore pâle à cause de la maladie du sorcier. Elle doit avoir à peine un ou deux ans de moins que moi.

Des pas pesants retentissent dans l'escalier. Papa arrive. Comment a-t-il su que j'irais la voir ?

La fille fait une grimace horrifiée.

– J'ai rêvé de toi.

Elle frissonne.

– Tu es un cauchemar ! Et tes yeux !

Je me fige, et la petite blonde qui m'a volé Ben est prise de tremblements incontrôlables.

Mes yeux ?

Mais j'ai mes yeux bleus d'être humain. Cette fille a-t-elle connu celle que j'étais avant ?

La porte s'ouvre à la volée.

– Lou ! Qu'est-ce que tu fais ?

La fille se recroqueville contre le mur. Je me retourne d'un bond vers papa, qui est furieux.

– Je suis désolée, je...

Il m'empoigne par le bras et me traîne hors de la pièce.

– Qu'est-ce que je t'ai dit à propos de parler aux filles ?

– De ne pas le faire, je réponds d'une voix navrée.

Il me fait mal au bras.

– Exact, et pourquoi ?

Il est aussi cramoisi que mes roses rouges et il respire avec peine tandis qu'on dévale lourdement l'escalier.

– Tu ne veux pas que je m'attache à elles.

Il a raison, mais il ignore que je ne risque guère de m'attacher à celle-ci.

Cette fille est différente. Je crois que je ne l'apprécie pas trop. Je l'ai sauvée pour Ben et... et elle n'a pas été très gentille avec moi.

Et puis qu'est-ce qu'elle voulait dire quand elle m'a traitée de cauchemar ?

– Il ne faut pas s'attacher. On ne peut pas les garder longtemps. C'est trop dangereux. Le seul endroit où elles sont en sécurité, c'est Belladoma.

On arrive au rez-de-chaussée de la tour et il me tourne face à lui.

– Nous ne pouvons pas nous permettre de laisser quoi que ce soit te détourner de ta mission, Louna. Tu comprends ?

Je n'ai pas le courage de le regarder dans les yeux.

– Oui, je comprends.

Et c'est vrai – je comprends parfaitement. Mais je ne peux pas m'empêcher d'être curieuse. Surtout en ce qui la concerne.

– Bien. Maintenant, ne recommence pas. Je compte sur toi pour leur donner une nouvelle dose régulièrement, mais papoter avec elles ne t'apportera que du chagrin.

Papa soupire et me caresse doucement la joue.

– Et tu sais que je ne supporte pas de te voir malheureuse.

Une vague de fraîcheur se diffuse en moi, apaisant la colère qui me brûle le cœur. Pourquoi suis-je allée la voir en cachette ? J'ai horreur de décevoir papa. Entre Ben et Batou, j'ai déjà fait tellement de choses qu'il ignore ! Il faut que je me comporte mieux. Pour papa.

Ben et cette fille ne sont rien pour moi.

Tout ce qui compte, c'est papa – et délivrer Bryre de ce sorcier.

Quant à Batou, eh bien, lui aussi, il m'est cher. Je suis décidée à rallier le dragon à notre cause, d'une manière ou d'une autre. Avec un dragon dans notre camp, la défaite du sorcier serait sûrement rapide.

Je tapote le bras de papa tandis qu'on traverse le jardin. Les poules caquettent sur notre passage, espérant sans doute une nouvelle ration de nourriture.

– Je te promets de ne plus te décevoir. Je n'irai plus dans la tour que pour les piquer, rien de plus.

Il soupire.

– C'est bien, ma chérie.

En m'installant devant le feu pour lire, je prends conscience de deux faits étranges. Premièrement, je n'ai pas eu l'idée d'apporter des roses à notre nouvelle pensionnaire, alors que je l'ai fait pour toutes les autres filles que j'ai délivrées. Peut-être qu'au fond, je ne voulais rien partager avec elle, pas même des fleurs.

Et deuxièmement, papa était tellement furieux contre moi qu'il a complètement oublié de me demander de la piquer pour la rendormir.

▪ 49ᴱ JOUR

Ce soir, je quitte la maison le cœur lourd. La pluie a pilonné la forêt toute la journée et maintenant, une brume épaisse enveloppe les arbres et les sentiers. Je vois à peine mes pieds.

Ces deux dernières nuits, je me suis faufilée dans la ville au moment où les ombres s'allongeaient, mais je n'ai pas vu la moindre trace de Ben. Pendant quelques secondes, je croyais capter son odeur de pain chaud dans l'air frais de la nuit, mais ça s'estompait avant que je puisse remonter la piste jusqu'à sa cachette, quelle qu'elle soit.

Mais je sais qu'il était à Bryre. Il a continué à déposer ses messages dans le palais telles des miettes de pain fascinantes, déroutantes. Le mystérieux D., qui s'est révélé être la mystérieuse D., est encore plus souvent que d'habitude le sujet des messages. *Nouvelles filles malades. D. a été déplacée.* Et ensuite : *D. a disparu.* Je suis sûre que D. est une personne, même si papa a fait remarquer que ça pouvait être n'importe quoi : le nom d'une personne, un code pour dire « défense » ou que sais-je encore.

En tout cas, Ben sait de qui ou de quoi il s'agit, et il informe ses correspondants à son sujet.

Ma résolution de ne pas penser à lui faiblit d'heure en heure. C'est pratiquement impossible alors qu'il est tellement mêlé à ma mission. La fille est partie de chez nous, elle est en route pour Belladoma. Je m'en réjouis. Rien n'empêche Ben de s'intéresser de nouveau à moi. Le désir de le voir, l'entendre, sentir son odeur, rire avec lui est plus fort que moi.

Papa me cache dans la maison comme la princesse de mon livre était enfermée dans sa tour. Et, comme elle, j'ai besoin d'autre chose. Ce qui subsiste de la fille que j'étais avant a désespérément besoin d'un lien plus profond avec un être humain.

Amour. Voilà le mot qui me vient à l'esprit.

Je l'examine, je le prononce pour voir. Je le chuchote dans la forêt et il reste là, en suspension dans la brume.

Amour.

Ce que j'éprouve pour Ben, c'est de l'amour.

Je ne peux pas m'empêcher de frissonner.

Et pourtant, je suis en colère. J'ai le cœur déchiré. Je veux à la fois le serrer dans mes bras et le tailler en pièces. Les humains ressentent-ils ça en permanence ? Ce tourbillon d'émotions qui les entraînent dans deux directions opposées ? Je pense que je ne pourrais pas le supporter. Une bouffée de gratitude m'assaille. Papa a veillé à ce que je ne sois pas seulement humaine. La part animale qu'il a ajoutée m'épargne le plus gros de ces sentiments.

Le brouillard s'étend jusqu'au mur d'enceinte de Bryre. Une fois que le garde a fini sa ronde sur cette partie du parapet, j'y grimpe sans hésitation. Je dois me concentrer sur le sauvetage des filles.

Oublie Ben. Qu'il reste dans tes rêves, à sa place.

Je cours au ras des ombres. La brume me suit à l'intérieur de la ville aussi, enveloppant chaque arbre et chaque maison dans des nuages cotonneux. L'humidité imprègne ma jupe et emmêle mes cheveux, me donnant une apparence aussi désordonnée que mes sentiments. J'accélère l'allure.

Je m'arrête net juste devant la place de la fontaine.

Une odeur de pain chaud et de cannelle emplit mes narines. Le choc me paralyse tout entière, du haut de la tête jusqu'au bout de la queue.

Il est ici. Ben est ici. Près de notre fontaine. L'espoir m'électrise, remet en mouvement mon corps pétrifié.

Je m'avance prudemment sur la place. Jusqu'à ce que Ben m'entende et lève les yeux.

Ce que je lis dans son regard m'arrête net.

Du chagrin, me souffle la petite voix dans ma tête.

Son visage n'exprime que tourment, mais il essaie de sourire. Je fais un pas vers lui. Nous ne sommes qu'à trois mètres l'un de l'autre.

– Lou, dit-il. Je croyais que tu étais partie.

Une vague de chaleur se diffuse dans tout mon corps lorsque j'entends mon nom dans sa bouche. Il ne m'a pas oubliée, finalement.

Je comble l'espace qui nous sépare.

– Non, pas partie.

– Où étais-tu ? Tu m'as dit que tu venais ici parce que tu adorais cette ville, mais ensuite tu as disparu.

Je n'arrive pas à affronter son regard de peur d'y voir une accusation.

– Mon père, dis-je, me raccrochant au mensonge que je lui ai déjà fait. Il a été malade. Je n'ai pas pu m'éclipser avant ce soir.

Je m'adosse contre la fontaine. Les pièces d'argent et d'or, sous l'eau, me font des clins d'œil.

– Pourquoi es-tu si malheureux ?

J'ai besoin de le savoir. Ça me fait de la peine de voir chez lui un chagrin si palpable.

Il fixe la fontaine. Ce n'est plus le même. Le Ben d'avant me manque. Je ferais n'importe quoi pour qu'il redevienne ce garçon-là.

Il serre et desserre les poings, puis tape si fort le bord de la fontaine que j'ai peur qu'il ne se blesse les mains. Les humains sont fragiles.

– Elle n'est plus là.

Ben a une voix rauque et gutturale qui me râpe les oreilles.

– Qui ?

Mon corps tout entier se glace. Je crois bien que je connais déjà la réponse.

Il se replie sur lui-même comme si quelqu'un l'avait frappé au ventre. Je pose timidement une main sur son épaule, espérant absorber sa douleur avec ma paume.

– Quelqu'un dont j'étais responsable.

Il frappe de nouveau la fontaine, me faisant sursauter. Je ne l'avais jamais vu dans un tel état.

– Elle est tombée malade il y a quelques jours. Les gens chez qui elle logeait l'ont envoyée à l'hôpital avant que j'apprenne qu'elle était touchée. Ils croyaient qu'elle y serait en sécurité, mais maintenant, elle n'est plus là. C'est ma faute, tout ça.

Il me regarde droit dans les yeux et je frissonne. Une larme roule sur sa joue. Je l'essuie avant d'avoir eu le temps de me raviser. Sa larme est chaude et tombe de mon doigt pour finir dans la fontaine.

– Qu'est-ce que tu veux dire ?

– Le roi et le conseil... ont ordonné au personnel de l'hôpital de cacher les disparitions. C'est déjà assez pénible comme ça que ce sorcier démoniaque empoisonne les filles de Bryre ; révéler qu'il les enlève du pavillon de quarantaine sèmerait la panique. La bruyère détruit les maisons des gens et les chasse de chez eux, alors on n'a même pas d'autre endroit où les cacher. Tous nos efforts pour les protéger ont échoué, et maintenant le sorcier l'a enlevée, elle aussi.

Mon souffle reste coincé dans ma gorge. Il parle de la fille avec laquelle je l'ai vu l'autre soir et que j'ai délivrée de la prison du sorcier.

– Je suis désolée.

Je voudrais en dire davantage, confier à Ben que je travaille à mettre le sorcier hors d'état de nuire, que c'est pour ça que je viens en ville tous les soirs, que j'ai sauvé son amie, mais je me mords la langue. Papa serait furieux.

– Toutes ces filles enlevées...

Ben se prend la tête dans les mains et se penche au-dessus de la fontaine.

– J'aurais dû prévenir les gens chez qui elle logeait, mais je ne l'ai pas fait parce que le conseil l'interdisait.

Il fixe en silence l'eau tourbillonnante.

– J'étais responsable d'elle. Je n'ai pas été à la hauteur.

Je lui presse l'épaule. Je hais ce sorcier. Je voudrais lui arracher le cœur avec les dents, comme j'ai égorgé ce lapin lors de mon premier entraînement.

– Peut-être qu'elle va s'échapper, dis-je.

– Personne ne s'échappe jamais.

Je meurs d'envie de lui dire que ce n'est pas vrai. Je les aide à s'échapper. C'est ma raison de vivre, de respirer.

– De quoi a-t-elle l'air ?

Ça me fait mal qu'elle lui manque autant, mais j'ai besoin d'être sûre que c'est la fille que j'ai sauvée.

– Elle a les cheveux clairs et les yeux bleus. Elle est presque aussi grande que moi. Elle sourit tout le temps.

Une ombre passe sur son visage et je devine ce qu'il pense : elle sourit sans doute beaucoup moins à présent.

– Comment s'appelle-t-elle ?

– Délia.

Je sens mes joues pâlir. D... Délia. Est-il possible que ce soit la mystérieuse D. des messages de Ben, celle qu'on a si souvent déplacée ?

– Qui est-ce ?

La jalousie me reprend, même si elle n'est plus là.

– Quelqu'un d'important.

Le visage de Ben se contracte, puis il se redresse et s'approche. Mon cœur gonfle dans ma poitrine.

– Je me suis fait tellement de souci quand tu as cessé de venir à la fontaine, dit-il. J'ai cru que le sorcier t'avait enlevée, toi aussi.

Je baisse la tête.

– Je suis désolée. Je n'aurais pas dû t'abandonner si longtemps. Peux-tu me pardonner ?

Ben fait un sourire, un tout petit sourire, et c'est comme si le jour se levait.

– Il n'y a rien à pardonner. Je suis juste heureux que tu sois là maintenant.

Il me prend la main, ce qui me donne des picotements au bout des doigts.

– Tu peux rester un peu ce soir ? Il y a des gens que j'aimerais te présenter.

Je pousse un soupir de soulagement, et mon cœur essaie de suivre le mouvement en sautant dans ma gorge.

– Oui, je peux.

D'autres gens ? Qui, à part nous, peut bien être encore debout à cette heure-ci pour que Ben puisse nous présenter ?

Il m'entraîne dans une ruelle qui part dans la direction opposée à celle que j'emprunte d'habitude.

– Où allons-nous ?

– Chez moi, dit-il.

Chez moi. Quelque chose enfle dans ma poitrine quand j'entends ces mots, et je visualise aussitôt une maison au toit rouge, une tour et une roseraie. Que signifient ces mots pour Ben ? Ma respiration s'accélère ; je vais bientôt le découvrir.

L'inquiétude me ronge tandis qu'on marche dans les rues sinueuses et, sans m'en rendre compte, je resserre ma cape d'une main crispée. Je ne suis encore jamais entrée dans une habitation d'êtres humains, mais quand on entre chez nous, en général, on enlève nos capes. Vont-ils me trouver bizarre – ou pire : penser que j'ai été envoûtée par le sorcier – si je garde la mienne ?

Je ne peux pas prendre le risque de l'enlever. D'ailleurs, je ne devrais pas prendre le risquer d'aller chez Ben. Si ma queue se déroule ou si je perds la moindre plume, ça pourrait me trahir. Mais c'est Ben ; impossible de lui refuser quoi que ce soit. Ça m'a coûté un énorme effort de volonté de ne pas lui dire la vérité sur ce que je fais en ville chaque nuit. Je me drape dans des mensonges encore plus couvrants que ma cape. Ça me serre tellement que ça pourrait m'étrangler.

Pourtant, ce qui me préoccupe le plus, c'est de savoir si la famille de Ben va m'apprécier. Vont-ils me trouver trop fade pour leur fils ? Pas assez normale ? Pas aussi bien que Délia, qu'ils sont certainement en train de pleurer eux aussi ? Si jamais ils me voyaient telle que je suis vraiment, je suis sûre qu'ils me rejetteraient.

Quand on arrive devant une petite maison de pierre, Ben ralentit. C'est un bâtiment bas, avec des volets rouges et des fleurs dans une jardinière blanche fixée sur le rebord de la fenêtre. Ce ne sont pas des roses, mais elles sont quand même très jolies. L'endroit paraît petit, au début, mais ça s'étend loin de la rue et il doit y avoir plusieurs chambres. Les murs de pierre grise paraissent chaleureux et accueillants dans le clair de lune, et je suis contente de voir que la maison de Ben n'est pas en ruines, comme tant d'autres à Bryre. L'horrible bruyère n'a pas encore attaqué cette partie de la ville. Un potager occupe un coin du petit jardin, et des arbustes fleuris bordent l'allée. On sent depuis la rue l'odeur de cannelle qui flotte toujours autour de Ben.

– C'est celle-là, ta maison ?

Il me presse la main et m'entraîne dans l'allée pour gagner la porte d'entrée. D'ici un instant, je vais rencontrer la famille de Ben. Ma gorge se noue et je vérifie mentalement les attaches de ma cape, puis j'aplatis bien mes ailes dans mon dos. Ma queue est enroulée si serré autour de ma cuisse que je ne sens presque plus cette jambe-là.

Ben pousse la porte. Le tourbillon de chaleur qui m'accueille, ainsi que cette délicieuse odeur de pain en train de cuire me font l'effet d'un rayon de soleil. Quelqu'un adore faire du pain, dans cette maison. Des gens bavardent près d'un feu. Mes yeux mettent un moment à s'habituer à la lumière des bougies. Une femme remue le contenu d'une casserole de soupe sur le feu et salue Ben d'un signe quand il entre. Elle cesse de sourire lorsqu'elle me voit.

Mon ventre se noue. M'a-t-elle percée à jour malgré mon déguisement ?

– Ben ! Qu'est-ce que tu fais ? Qui est-ce ? s'exclame-t-elle.

– Maman, je te présente Lou.

Il pointe le doigt vers moi.

– Lou, je te présente ma mère.

Elle cale une main sur sa hanche et agite la louche en direction de Ben.

– Tu n'aurais pas dû l'amener ici. Tu sais combien c'est dangereux ! C'est déjà assez risqué comme ça que tu te balades à travers la ville après le couvre-feu ! Et maintenant tu ramènes des invités ? Après...

Elle ravale la fin de sa phrase comme si c'était un œuf pourri.

– Calme-toi, Laura, fait une voix d'homme depuis un fauteuil près du feu.

Il nous tourne le dos, je ne vois pas son visage, mais ses cheveux grisonnants dépassent du dossier. Ils ne sont pas aussi longs que ceux de papa, mais pas non plus coupés court. Pendant une seconde, je me demande si c'est le père de Ben, mais ensuite un autre homme – plus jeune que le premier – débouche d'un couloir et se précipite vers Ben pour le serrer vigoureusement dans ses bras. Ils se ressemblent tellement qu'il est clair que c'est lui son père.

– Oui, Laura, dit-il. On se fait tous du souci, mais ce n'est pas une raison pour être impolie avec notre invitée.

Il me fait un clin d'œil – exactement comme Ben –, mais une profonde tristesse reste gravée sur ses traits. C'est donc de lui que Ben tient ses étranges manières !

– Je m'appelle Adrien, ajoute-t-il.

Je lui fais la révérence ; d'après ce que j'ai lu dans mes contes de fées, c'est ce que les filles sont censées faire.

– Tu vois ? Elle est la politesse incarnée.

Laura croise les bras.

– C'est dangereux pour les filles de Bryre de sortir après le couvre-feu. Avec l'épidémie.

J'emploie la même excuse qu'avec Ben pour expliquer que je suis immunisée contre la maladie du sorcier :

– Je ne suis pas de Bryre.

– Le sortilège du sorcier ne peut pas l'atteindre, vous comprenez ? intervient Ben.

Je ne peux pas m'empêcher de remarquer qu'il a changé d'attitude depuis l'instant où nous sommes entrés dans sa maison. Est-ce parce que cet endroit lui remonte le moral, ou bien cache-t-il à sa famille, pour la ménager, ce chagrin qu'il m'a montré à la fontaine ?

La mère de Ben plisse les yeux, puis grogne et retourne à sa soupe.

– C'est un plaisir de tous vous rencontrer, dis-je sans cesser de me demander qui est l'homme aux cheveux gris.

Ben me reprend la main et m'entraîne vers un fauteuil. Je m'assieds – le plus élégamment possible – et je regarde avec amusement Ben jeter une bûche dans le feu. Je n'avais jamais vu quelqu'un faire ça avant. Les flammes lèchent le bois. Elles le brûlent. On n'utilise jamais de bois à la maison. Les flammes apparaissent et disparaissent au gré de nos besoins, tout simplement.

Ben détourne mon attention de l'étrange phénomène qui se produit dans la cheminée :

– Lou...

Les flammes sont réfléchies dans ses yeux; c'est plus à cause de ça qu'à cause du feu lui-même que mes joues s'échauffent.

– … Je te présente Olivier. Il est notre invité, lui aussi.

L'homme penche la tête vers moi et me tend la main. Je la serre dans la mienne sans parvenir à me défaire d'un sentiment de familiarité.

Puis je regarde ses yeux avec plus d'attention. Et ça me fait un choc. Cet homme – Olivier – figurait dans une de mes visions. C'est lui qui me montrait les roses des jardins du palais. Il paraît beaucoup plus âgé, maintenant, mais la ressemblance est telle qu'il n'y a pas d'erreur possible.

Les images qui me viennent ne sont donc pas juste des avatars du présent. Sinon, comment expliquer que j'aie visualisé le visage de cet homme? Celle que j'étais avant l'a connu. Je n'en doute pas un instant.

Mon estomac se noue. Ça signifie que mon souvenir d'elle avec Ben pourrait être authentique aussi.

Olivier fronce les sourcils sans lâcher ma main, et plisse les yeux – ai-je fait quelque chose de mal? Papa ne m'a pas appris grand-chose des conventions sociales. Il n'avait pas prévu que je fréquente des humains. Tout ce que je sais, je l'ai glané dans mes livres.

Il serait furieux s'il savait où je suis en ce moment. À cette idée, mes paumes deviennent moites et ma main s'échappe de celle de l'homme. De près, je vois qu'il n'est pas beaucoup plus vieux que le père de Ben, en fait; ses cheveux sont juste devenus gris plus tôt.

– Comment as-tu dit que tu t'appelais?

Olivier arbore une expression étrange.

– Louna. Lou.

Il répète mon nom d'une façon bizarre, comme si ça laissait un goût amer dans sa bouche. Je me creuse la tête pour essayer de comprendre ce que j'ai fait pour le froisser.

– Ton nom ne me dit rien...

Il s'interrompt. Je retiens mon souffle.

– ... Mais tu me fais penser à quelqu'un. Tu as les mêmes yeux. C'est... Enfin, peu importe. Cette personne n'est plus parmi nous depuis longtemps. Et toi, tu es ici et tu t'es liée d'amitié avec notre cher Ben.

Il ébouriffe les cheveux de Ben. J'ai une question sur le bout de la langue, une question prête à sauter dans la conversation, mais je la ravale.

Papa a été très clair. Personne ne doit savoir qui je suis. Même pas moi, apparemment.

Cet homme a dû bien me connaître s'il voit la fille que j'ai été dans mes yeux. Mais peut-être que c'est juste une fausse impression et qu'Olivier pense à quelqu'un d'autre.

Adrien nous rejoint et fait passer du fromage et une miche de pain tout juste sortie du four. Ben se jette dessus et m'en propose. Je prends un morceau de chaque, puis je lui tends le reste.

– Merci, dis-je en croquant un petit bout de fromage.

C'est un fromage fort et crémeux, et le pain est aussi délicieux que l'odeur de Ben. Je n'arrive pas à le quitter des yeux. Il essaie d'être heureux, mais je perçois le désespoir qui gronde en dessous. Cette fille, Délia. Tous l'ont connue et la pleurent. L'air de cette maison est chargé de peur, je le sens.

Je pourrais les rassurer. Je pourrais leur dire que Délia est en sécurité. Que je l'ai emportée et envoyée dans la belle cité rayonnante de Belladoma.

Mais ça susciterait des questions, qui exposeraient toutes papa à la fureur du sorcier. Je ne peux pas le trahir ainsi. Même pour Ben.

– Lou est nouvelle dans le coin, dit Ben à Olivier. Elle habite une maison à l'extérieur de la ville.

Olivier hausse un sourcil.

– Vraiment? D'où viens-tu, ma grande?

J'arrête de respirer. Ce genre de question non plus, je ne peux pas y répondre. Je dois changer de sujet, et vite.

– Un endroit sans intérêt, dis-je. Bryre est la ville la plus chouette que j'aie jamais connue.

Le père de Ben s'esclaffe.

– Eh bien dans ce cas, tu as dû fréquenter des endroits drôlement délabrés et insalubres.

Olivier lui jette un regard sévère et il cesse aussitôt de rire.

– Autrefois, Bryre était le summum de l'excellence et de la beauté. Mais j'ai bien peur que nous vivions des temps difficiles.

– Ah oui, Ben m'a parlé du château et du roncier.

Ben grimace et se recroqueville sur son fauteuil. Je comprends trop tard que je n'aurais pas dû mentionner ça. Sa mère laisse échapper un hoquet d'horreur et même son père fronce les sourcils.

– Vraiment? dit Olivier. Tu lui montres les bas-fonds malsains de la ville, mon garçon?

– Eh bien, je, euh...

– Non! je rectifie. Pas du tout. Même si c'est triste de le voir dans un tel état, le palais a beaucoup de charme. Ben m'a aussi montré plein de belles choses dans la ville. Comme le jardin du palais. Je l'ai tout simplement adoré. Les roses, c'est mes fleurs préférées, et celles du roi sont les plus belles que j'aie jamais vues.

Une lueur s'allume dans les yeux d'Olivier, mais elle s'éteint tout aussi vite.

– Oui, ces roses étaient un des trésors de Bryre. On continue de les entretenir pour... ne pas oublier.

Cette remarque me rend d'autant plus certaine que cet homme est le jardinier du palais.

– Ne pas oublier qui ? je demande.

Tout le monde se tait. Adrien a l'air embarrassé et Ben lui-même s'agite sur son fauteuil. Je regrette d'avoir posé cette question.

Enfin, Olivier répond :

– Pour ne pas oublier les enfants qui sont morts à cause du sorcier. Ma fille aînée était parmi eux.

Je me fige tout entière, de la tête à la queue.

– Je suis désolée, j'aurais dû m'en douter.

– Ce n'est pas grave, mon enfant. Tu es nouvelle dans cette ville. On ne peut pas te demander de connaître tous nos plus noirs secrets, même si Ben t'en a montré une belle sélection.

Ben contemple le feu d'un regard triste, songeur. Je sais qu'il pense à Délia. Je me demande s'il a fait cette tête-là lorsque celle que j'étais avant a disparu.

– Je hais ce maudit sorcier, dit-il en serrant les poings.

– Pourquoi on ne va pas le trouver pour l'égorger ?

Moi aussi, mes mains se crispent sur les bras de mon fauteuil quand je vois l'expression de Ben et d'Olivier changer sous l'effet de la surprise. Mon éclat est sans doute inhabituel pour une jeune humaine, mais je m'en fiche. Avec ce que le sorcier nous a fait, à papa et moi, à Batou et à son clan, et maintenant à ce pauvre, cet adorable Olivier, je souhaite plus que jamais le détruire.

Le visage d'Olivier s'adoucit et il tapote mon poing serré.

– J'ai bien peur que ce ne soit pas possible. Ce serait du suicide de faire une chose pareille.

Je fronce les sourcils.

– Que voulez-vous dire ? Au bout du compte, le sorcier est juste un homme, non ? Même si c'est un homme puissant.

Ben écarquille les yeux.

– Tu ne le sais vraiment pas ?

Mon dos se raidit. Je ne veux pas paraître naïve et ignorante devant Ben, et encore moins devant sa famille. Mais lorsqu'il me presse la main, je fonds. Il a une influence inouïe sur mes émotions.

Olivier lui jette un regard sévère.

– Ce n'est pas grave. Toutes les villes ne sont pas aussi tourmentées que la nôtre. Oui, le sorcier est un homme. Et oui, il succomberait à un coup de couteau dans la gorge comme n'importe quel autre homme. Mais les sorciers ne sont pas craints et révérés juste parce qu'ils savent jeter des sorts. La magie vit en eux, fait partie d'eux. Aucun sorcier n'a jamais été enterré. Quand ils meurent, la magie s'en va en les embrasant.

– En quoi ça empêcherait de le tuer ?

– La personne qui tue le sorcier serait réduite en cendres avec lui.

Je ne sens plus mes bras ni mes jambes. Réduite en cendres ? Papa n'avait jamais mentionné ce détail. Il doit y avoir une erreur.

– Et si on lui tirait dessus avec un arc de guerre ? Sa magie ne pourrait sans doute pas nous atteindre à une telle distance.

Olivier secoue la tête.

– La magie est maligne. Elle a sa vie et son intelligence propres. Il n'y a pas moyen de lui échapper. C'est pour ça que la maladie maléfique du sorcier n'attaque que les filles de cette ville et t'épargne, toi, de même que nos hommes et nos jeunes garçons. La magie brûle la dépouille du sorcier mort parce qu'elle cherche un nouvel hôte. Elle choisira toujours la personne qui a tué son maître. Mais seul un sorcier pourrait survivre à un tel afflux de magie. N'importe qui d'autre serait submergé et périrait dans les flammes.

Je frémis.

– Seul un autre sorcier peut tuer le nôtre ? Personne d'autre ?

– Personne qui tienne un tant soit peu à la vie. Mais oui, un autre sorcier aurait sa chance. Ou n'importe quelle autre créature magique assez puissante pour neutraliser les flammes. Un dragon, peut-être. Un gentil griffon, ça irait aussi, mais on n'en a pas vu aux environs de Bryre depuis des décennies. Sorciers, griffons et dragons bienveillants sont très rares, malheureusement.

Olivier s'adosse au fond de son fauteuil. Ses cheveux gris lui retombent sur le front. Par certains côtés, il me rappelle mon père. Papa est-il au courant que c'est si délicat de tuer un sorcier ? Il sait tout sur l'origine des sorciers et des dragons, alors c'est très probable. Mais dans le cas contraire... et s'il tentait de tuer lui-même cet homme affreux ? Je ne voudrais pas que mon père adoré connaisse une mort aussi atroce. A-t-il omis ce détail pour éviter que j'essaie de le retenir ?

Je tente, juste un instant, d'imaginer ce que je ressentirais. Toute cette chaleur qui me consumerait, me réduirait à néant.

Malgré l'horreur que cette idée m'inspire, il y a un moyen de l'éviter : Batou. Je dois redoubler d'efforts pour le convaincre de nous aider. Papa et moi ne sommes peut-être pas capables de tuer le sorcier, en fin de compte, mais Batou, si.

– Même un sorcier bienveillant, si une telle chose existe, réclamerait un prix trop élevé, lance Ben avec un ricanement de dérision. C'est ça qui nous a fourrés dans ce pétrin au départ.

– Qu'est-ce que tu veux dire ?

Me voilà intriguée. Papa ne m'a rien dit à ce sujet. Olivier secoue la tête.

– Ben, elle n'a pas besoin de connaître tous les détails...

– On peut lui faire confiance, assure Ben – et je sens le rouge me monter aux joues. Je lui fais confiance, moi. Raconte-lui l'histoire.

– Ah, c'est beau, la jeunesse...

Olivier passe tendrement la main dans les cheveux de Ben.

– D'accord. Je vais lui donner la version abrégée. Il n'y a pas longtemps, le roi de Bryre avait un problème. Une rumeur annonçait qu'un autre roi venu d'une ville lointaine marchait sur Bryre, décidé à la prendre par la force. Nous sommes un peuple pacifique. Nous n'avons pas la guerre dans le sang. Nous avons des gardes, mais ils ne seraient pas de taille à lutter contre toute une armée de soldats et de mercenaires bien entraînés.

– Si seulement j'avais été assez grand ! gémit Ben. Je me serais battu contre eux.

– Je suis sûr que tu te serais bien battu, dit Olivier. Mais on n'en est pas arrivés là. Un matin, un homme s'est présenté à la porte du palais. Il prétendait qu'il avait le moyen de nous débarrasser pour toujours de ces va-t-en-guerre. Le roi et la reine étaient désespérés. L'homme a dit qu'il ne leur réclamerait sa récompense qu'une fois qu'il aurait réussi. Ça leur a paru honnête sur le moment. Comme ils l'ont découvert plus tard, l'homme était un sorcier. Il a placé dans toute la ville des sortilèges de protection qui empêcheraient d'entrer quiconque ayant l'intention de tuer ou de tourmenter nos citoyens. À ce jour, ces barrières magiques tiennent toujours.

– Alors comment fait le sorcier pour sévir dans la ville ? Comment enlève-t-il les jeunes filles ?

Olivier ouvre les mains.

– Je voudrais bien le savoir. Nous ne pouvons qu'essayer de le deviner. Ou bien il a des espions ici, à Bryre, ou bien les sortilèges ne marchent pas sur lui, puisque c'est lui qui les a mis en place. La magie est une chose aussi complexe et changeante que les sorciers qui la manient.

Ben ricane.

– C'est peu dire !

– Qu'est-ce qui s'est passé ensuite ? je demande.

– Lorsque le roi rival a découvert qu'un mur de magie invisible barrait l'accès à la ville, ne trouvant pas de faille dans l'armure de Bryre, il a battu en retraite avec son armée. Il a fait une nouvelle tentative six ans plus tard, mais le sortilège était encore trop puissant. Nous n'en avons plus entendu parler depuis.

– C'est une bonne chose, non ?

– Oh oui, acquiesce Olivier.

– Alors qu'est-ce qui a posé problème ?

– Le prix. Il y a toujours un prix à payer.

Olivier regarde tristement ses mains. Après un silence prolongé, presque insoutenable, il reprend la parole.

– Il voulait l'héritier du roi. C'était une fille. Elle avait trois ans à l'époque. Le roi et la reine ont refusé.

Surprise, j'inspire vivement.

– Il voulait l'épouser ?

Les princesses n'ont pas d'autre rôle dans mes contes de fées.

Olivier frissonne.

– Non, le sang d'un premier-né royal est l'ingrédient clé d'un sortilège qui pouvait lui donner la mainmise sur toute la magie du royaume. La magie noire. Jusqu'alors, le roi et la reine ne se doutaient pas qu'il pratiquait autre chose que la magie blanche. Hélas, ils avaient tort.

Un long silence s'installe de nouveau. Ça me rend nerveuse.

– Inutile de préciser que le sorcier n'a pas bien pris le refus du roi. Il a quitté la ville furieux, en jurant qu'il reviendrait se venger. Dix ans ont passé et la famille royale a retrouvé la paix au sein de ses murs bien gardés. La princesse a grandi. C'est devenu une adorable jeune fille, même si elle était un peu surprotégée. Puis, un jour, des rumeurs ont commencé à annoncer le retour du sorcier. Le roi et la reine ont fait tout ce qu'ils ont pu pour protéger leur fille, pour la cacher dans le palais. Mais le sorcier a trouvé une faille dans ses propres sortilèges. Il est revenu au palais pour réclamer la princesse qui lui revenait de droit, d'après le pacte irrévocable que le roi et la reine avaient conclu avec lui, même s'ils ne s'en étaient pas rendu compte. Les gardes n'étaient pas de taille à lutter contre ses maléfices. Pas plus que la reine. Au moment fatidique, personne n'a pu le retenir. Le pacte avait été scellé par magie et le sorcier ne cherchait qu'à prendre son dû. Il a tué la jeune fille dans le palais et ensuite, il a disparu avec elle dans un nuage de ténèbres. Il n'y a même pas eu de corps à enterrer.

Un sentiment d'horreur m'assaille par vagues. C'est affreux. Priver un père de sa fille bien-aimée. Olivier, avec son air douloureux, me rappelle tellement mon propre père que je voudrais le prendre dans mes bras et le serrer contre moi pour dissiper son chagrin. Mais je me retiens de peur de paraître inconvenante.

— Est-ce que le sortilège du sorcier a marché, finalement ? je demande. Est-ce qu'il contrôle bel et bien toute la magie du pays, maintenant ?

— Pas exactement, dit Olivier. Le sortilège perd de sa force quand le premier-né du roi avance en âge. Le sorcier a peut-être gagné un peu de pouvoir en assassinant la princesse, mais c'est loin de ce que ça aurait été s'il l'avait fait quand elle était bébé. Plus le geste est cruel et odieux, plus ça renforce la magie noire.

Il regarde le feu.

— Non, il a attendu son heure, en récupérant dans le royaume le plus de magie possible de la pire façon : il a tué toutes les créatures magiques qu'il a pu trouver, et volé toutes les potions et toutes les amulettes qu'il a localisées. Il restait déjà peu d'hybrides à l'époque ; à présent, ils ont totalement disparu.

— Quel ignoble personnage !

Je ne trouve rien d'autre à dire.

— Et maintenant, il est revenu pour nous prendre les autres filles, dit Adrien.

Un lourd silence s'ensuit. Même Laura cesse de s'affairer devant le feu. Je sens presque le goût salé de la tristesse dans l'air.

– Bien, il est grand temps que je me retire.

Olivier se lève de son fauteuil. Il fait bien plus que son âge, tout à coup.

– Ma chère enfant, j'ai été enchanté de te rencontrer. Prends bien soin de Ben et évite les ennuis, d'accord? Et s'il te plaît...

Il me presse la main.

– Fais très attention si tu dois sortir dans Bryre la nuit. Ce n'est pas sans raison si le couvre-feu est en place.

– Promis, dis-je.

Olivier tapote l'épaule de Ben, puis s'incline pour nous saluer, les autres et moi.

– Bonne nuit.

– Il est l'heure que tu ailles te coucher, toi aussi, Ben, lance Laura avec un regard entendu dans ma direction.

– Bien sûr, dis-je en me levant. Je dois rentrer, de toute façon.

– Déjà?

Ben fusille sa mère des yeux, puis m'adresse un air suppliant.

– Tu ne peux pas rester encore un peu?

– Non, elle ne peut pas, l'interrompt Laura en agitant à nouveau sa louche.

Je pense que c'est le genre de personne qu'il vaut mieux éviter de contrarier.

En grommelant, Ben gagne la porte avec moi.

– Je vais l'accompagner à la sortie de la ville, puis je reviendrai directement, maman.

– Tu as intérêt. Je sais combien de temps ça prend, alors ne traîne pas, tu m'entends ?

– Oui, maman.

Dès qu'on est seuls, je me tourne vers Ben avec une question qui s'échappe de mes lèvres.

– Et s'il y avait un moyen de tuer le sorcier ? Si on trouvait un sorcier bienveillant ou un dragon pour nous aider ?

Ben me dévisage un moment avec surprise, puis fronce les sourcils.

– Franchement, je ne crois pas que ça ait jamais existé, les sorciers bienveillants. Tant de pouvoir chez une seule personne ? Je ne peux pas imaginer quelqu'un qui ne serait pas corrompu par ça. Ce n'est pas naturel.

Ses poings se serrent sur ses flancs, puis se relâchent.

– Quant aux dragons, eh bien, c'est juste un mythe. Certains anciens de Bryre assurent qu'ils ont existé autrefois, mais je ne suis pas convaincu.

Si seulement je pouvais persuader Batou d'affronter le sorcier !

– Mais... et s'il y en avait ?

Ben glousse.

– Tu n'es vraiment pas comme tout le monde, toi.

Il arrête de rire quand il voit mon expression.

– Tu n'es pas sérieuse, si ?

Je me force à sourire.

– Je plaisante, bien sûr.

Je me tourne de nouveau vers la route, mais Ben me prend le poignet et me fait pivoter vers lui.

– Tu plaisantes vraiment ?

Il a l'air si troublé que je regrette d'avoir posé cette question. Je suis vraiment idiote.

– Oui, dis-je.

Il ne me lâche toujours pas.

– Tu as vu quelque chose qui sort de l'ordinaire ?

Un mélange d'espoir et de crainte brille dans ses yeux bruns. Mon cœur vient se loger dans ma gorge. Je mens :

– Non, jamais. À part ce que tu m'as montré.

Je vois une foule de choses extraordinaires tous les jours, mais je ne peux pas lui parler de Batou ni de papa ou de son laboratoire. Ça, je le sais. Une petite voix me le crie dans un coin de ma tête. *N'en parle pas !*

Ben souffle et lâche mon poignet.

– Eh bien tant mieux. Tu m'as drôlement déstabilisé pendant une seconde. Ne recommence pas.

Je hausse les épaules comme si ma stupide curiosité n'était qu'une plaisanterie.

– Désolée, je ne voulais pas te faire peur.

– Ne t'en fais pas. C'est juste que... les Bryrois n'aiment pas les gens qui pratiquent la magie. Et quand il y avait prétendument des dragons dans les parages, ils n'étaient pas très aimés non plus.

Je pâlis. Papa m'a prévenue que certains pourraient confondre sa science avec de la magie. Est-ce pour ça qu'il n'habite pas en ville ?

– Je comprends, dis-je.

– Désolé, on m'a appris à être méfiant. Tu ne peux pas le savoir puisque tu n'es pas de Bryre. Tu permets que je t'accompagne jusqu'à la fontaine ?

Je lui prends la main.

– Oui, s'il te plaît. Merci de m'avoir montré ta maison. Tu as une famille adorable.

– Je suis content que tu sois venue.

On longe les rues ensemble, main dans la main au clair de lune. Une idée m'a tourmentée toute la soirée, depuis que Ben a évoqué l'hôpital. Je pourrais peut-être neutraliser le sorcier, peut-être même l'empêcher d'enlever les filles. De causer autant de chagrin qu'il en a infligé à Ben.

Quand on retrouve la fontaine, je n'arrive plus à contenir ma curiosité.

– Où est cet hôpital que tu as mentionné tout à l'heure? Celui d'où le sorcier enlève des malades?

Ben me jette un coup d'œil en biais.

– Tu n'as pas vu l'hôpital?

Je secoue la tête.

– Je pensais que tu l'aurais vu, depuis le temps. Tu as tout le temps l'air d'aller dans cette direction ou d'en revenir.

– C'est où?

Ben désigne la ruelle que j'emprunte chaque nuit pour gagner la prison du sorcier. Un nœud d'angoisse me tord le ventre. Impossible. Je connais trop bien ce chemin.

– À quelle distance?

Ma voix se brise. L'air n'entre plus correctement dans mes poumons.

Ben fronce les sourcils; de toute évidence, il ne comprend pas mes questions. Je les comprends à peine moi-même.

– À deux pâtés de maisons. C'est le bâtiment carré sur la droite.

Le monde s'arrête comme une porte qui se figerait sur ses gonds alors qu'elle était en train de s'ouvrir. Mon sang rugit à mes oreilles, occultant les bruits de la nuit.

Je suis soudain désespérément pressée de filer d'ici. Je n'arrive plus à penser qu'aux filles. Et si ce n'était pas le sorcier qui les enlevait, cette fois ? Et si c'était moi ? Moi et personne d'autre ?

Je suis prise de nausées. Papa ne peut pas être au courant, si ? Tout me paraît confus et emmêlé.

– Je dois y aller. Mon père va se demander où je suis.

Ma queue et mes ailes frissonnent sous ma cape, brûlant d'être déployées et de me libérer de cette affreuse tension. Je ne pourrai pas les cacher beaucoup plus longtemps.

Ben prend ma main dans la sienne.

– Tu peux rester une minute ?

Oh non. Comment pourrais-je m'en aller quand il me regarde de cette façon ? Je me concentre sur ma respiration – inspirer, expirer – tandis qu'on observe le reflet mouvant de la lune dans la fontaine et la brume qui ondule autour de nos pieds. Mes émotions tourbillonnent dans ma poitrine et j'ai l'impression que je pourrais éclater d'une seconde à l'autre.

Je tiens à peine une minute entière.

– Je dois y aller, je suis désolée.

Je lui presse brièvement la main et je me détourne, prête à fuir, mais il me retient, l'air effondré.

– S'il te plaît, Lou, reste. Tu m'as manqué.

Sa main est chaude et confortable, mais je me dégage quand même avec énergie.

– Ta mère va s'inquiéter. Et mon père aussi.

Je dois m'échapper avant d'exploser. Incapable d'articuler un mot de plus, je tourne les talons et je pars en courant.

– Lou ! Attends !

La voix de Ben me suit dans la rue. Je plonge dans une ruelle adjacente, puis encore une autre dans l'espoir de le semer. Ses pas résonnent de plus en plus loin derrière moi, mais je sens toujours l'odeur de cannelle qui imprègne ses vêtements.

Plus vite, il faut que je coure plus vite. Une autre ruelle, et ensuite, quand je suis sûre qu'il ne peut pas me voir, je m'élance sur le toit le plus proche et je saute d'un bâtiment à l'autre. Le brouillard couvrira mes traces.

Il faut que je continue à courir.

Papa saura quoi penser de cette information au sujet de l'hôpital. S'il a commis une erreur – ou pire, si j'ai mal compris ses indications –, il va rectifier le tir. Il saura quoi faire.

«Et s'il ne savait pas? Ou s'il t'avait dupée?» dit une petite voix dans un coin de ma tête. Je mets toute mon énergie à la faire taire, à la chasser avec des souvenirs de la gentillesse avec laquelle papa s'est occupé de moi.

Non, papa ne ferait jamais ça. À moins que... À moins qu'il n'ait été envoûté par le sorcier. Mais je ne peux pas croire ça. Tout ce qu'il a fait d'autre prouve qu'il œuvre contre cet homme affreux. Non?

En temps normal, une nuit sans délivrer quelqu'un serait inexcusable, mais je dois vérifier que nous n'avons pas commis une terrible erreur. Je ne peux pas enlever une autre fille de Bryre avant d'avoir parlé à papa.

À cause de la brume, j'ai besoin d'un poste d'observation plus élevé pour me repérer. Je saute sur le toit du haut bâtiment voisin et j'étudie la ville. J'ai fui vers l'ouest en quittant Ben; aller vers l'est devrait me ramener à la fontaine. En parcourant la ville du regard, j'aperçois au loin la tête de l'angelot joyeux.

Je décolle en rasant les toits et je vole en direction de ma maison... et des réponses que j'espère.

– Papa, papa, réveille-toi, dis-je en le secouant par l'épaule.

Ma voix paraît stridente dans le silence ensommeillé de sa chambre. Il ouvre enfin les yeux.

– Hmm ? Quoi ?

Il se redresse brusquement quand il voit ma tête.

– Lou, bon sang, qu'y a-t-il ? On dirait que tu as vu la mort en face !

J'éclate en sanglots. Papa me prend dans ses bras.

– Ma chérie, qu'est-ce qui s'est passé ? Dis-moi !

Je me libère de son étreinte et je m'assieds sur le bord du lit. Le bonnet de nuit de papa pend de travers sur son visage affolé. Il n'a pas l'air de quelqu'un qui mènerait à bien les projets du sorcier, même sans en avoir conscience. C'est toujours mon père – mon gentil père paniqué.

Par où commencer ?

– Je crois que nous avons fait une terrible erreur.

Papa en reste bouche bée, mais je continue, terrorisée à l'idée que si je ne dis pas tout maintenant, je ne trouverai jamais les mots justes.

– La prison, sur le plan... Je crois que ce n'est pas une prison, en fait. Je crois... Je crois que c'est un hôpital. L'hôpital de Bryre. Ce n'est pas le sorcier qui enlève les filles, cette fois, c'est juste nous. Juste moi.

Le cœur prêt à cesser de battre, je fixe le plancher. Si papa est impliqué, j'ai peur qu'il ne soit furieux. Sinon, il sera déçu que je ne m'en sois pas rendu compte plus tôt.

Quand il prend enfin la parole, papa parle d'une voix basse et apaisante.

– Lou, qu'est-ce qui te fait penser ça ?

Mon souffle se coince dans ma poitrine. Je ne dois pas lui parler de Ben. Tremblante, je mens :

– Je... J'ai entendu des gens parler de l'hôpital. Ils étaient tout près et ils ont montré la prison du doigt en appelant ça l'hôpital. Est-ce qu'on aurait pu se tromper d'endroit ? Est-ce que c'est possible ?

Papa prend mon visage entre ses mains. Une sensation de fraîcheur et de calme se diffuse dans mes membres.

– Non, ma chérie, ce n'est pas possible. L'endroit où je t'envoie n'est pas l'hôpital ; c'est indubitablement la prison du sorcier. Il enlève les filles et nous les libérons. C'est comme ça que les choses ont toujours été. Fais-moi confiance.

Oui. Je fais entièrement confiance à papa. Qu'est-ce qui a bien pu m'inquiéter, tout à l'heure, au point d'abandonner Ben de cette façon ? La raison est hors de ma portée, désormais, et s'éloigne un peu plus à chaque seconde.

– Maintenant, repose-toi et oublie toute cette histoire d'hôpital.

Les paumes de papa me paraissent soudain chaudes contre mes joues. Une fatigue extrême m'envahit.

– De quoi ? dis-je, tâchant de garder le fil de notre conversation.

Il sourit.

– Exactement. D'ici demain matin, tout sera plus clair.

Il me lâche et je pars en titubant vers ma chambre. Oui, papa a raison. Il faut que je dorme. J'ai épuisé toutes mes forces.

Demain est un autre jour. Demain, tout deviendra compréhensible.

▪ 51ᴱ JOUR

La soirée que j'ai passée avec la famille de Ben me perturbe depuis deux jours. Cet homme – Olivier – est plus âgé et plus grisonnant, mais c'est indubitablement l'homme qui est apparu dans ma vision de la roseraie du palais.

Celle que j'étais avant l'a connu, mais qui était-il pour moi ? Un jardinier qui est devenu mon ami et qui m'a montré les roses ? Quand je ferme les yeux, je ressens encore la confiance et la chaleur qui font partie de ce souvenir, et je ne peux pas m'empêcher de penser qu'il était plus que ça.

Je suis restée bien trop longtemps au lit, aujourd'hui, à contempler le soleil qui filtrait à travers mes rideaux, hantée par toutes ces questions. Et il y a une chose qui m'inquiète par-dessus tout.

Papa n'était dans aucune de ces visions.

Ben, Olivier, la dame en bleu et cette petite fille blonde, oui... mais papa, non.

Il m'assure que ce ne sont pas des souvenirs, mais juste une fausse route de mon inconscient qui essaie de démêler ces fragments et qui les confond avec le présent. Et pourtant, chaque nouvelle vision me trouble un peu plus.

Quand j'entre enfin dans la cuisine, papa ferme son livre avec un soupir.

– Ma chère enfant, qu'est-ce qui ne va pas? Tu te sens bien?

Je maudis ces terribles pensées qui sont si faciles à voir sur mon visage. Je ne veux pas l'inquiéter, mais je n'ai jamais été douée pour dissimuler mes émotions.

– Oui, ça va plutôt bien.

Je tripote une miette de pain. La perplexité me noue l'estomac. Je ne suis pas sûre de pouvoir manger sans vomir.

– C'est juste que...

Comment formuler ça pour qu'il ne se doute pas que j'ai parlé avec des humains? Ni que j'accorde le moindre crédit à mes visions? Je ne peux évidemment pas lui dire que j'ai rencontré certaines des personnes qui y figuraient.

– De temps en temps, j'entends des choses et je vois des choses. Quand je sors en ville. Ça ne correspond pas toujours à ce que tu m'as appris.

J'arrache un bout de pain avec les dents.

Il plisse les yeux.

– Tu as parlé à quelqu'un en ville?

– Non! Non, bien sûr que non.

Cette aigreur dans l'estomac me reprend. Je laisse tomber mon bout de pain par terre. Pippa se jette dessus, s'en empare et s'envole vers son nid dans la charpente avec son butin.

– Qu'est-ce qui t'a troublée?

Je tire sur un fil de ma jupe.

– Eh bien, j'ai vu une dame par la fenêtre d'une cuisine. Quand je suis passée, elle... elle a mis un bout de bois dans le feu. Je n'ai pas compris. Je ne t'ai jamais vu faire ça.

Et mes visions non plus ne m'ont jamais montré qui que ce soit faire ce que fait papa. Personne n'y assemble des animaux, n'y soigne quelqu'un avec un simple courant d'air ou n'y fabrique des poudres qui font dormir les gens.

Il s'esclaffe.

– Ma chérie, il n'y a pas qu'une seule façon de faire du feu. La mienne est peut-être un peu différente, mais ce n'est pas une raison pour te mettre dans tous tes états.

Il met une main sur ma joue et soudain, mes craintes concernant le feu, la science et la magie se dissipent. Son contact est toujours apaisant. C'était idiot de ma part de m'étonner de sa manière d'allumer un feu.

– Il y a autre chose ?

– Oui. Une nuit, récemment, j'ai entendu deux femmes parler de toi.

Il se crispe. Je me demande pourquoi. Est-il possible qu'il connaisse ces femmes ?

– D'après ce qu'elles disaient, on avait l'impression que tu avais connu le roi autrefois. C'est vrai ?

Il soupire.

– Oui, je l'ai connu à une époque.

Je pensais qu'il le nierait. Qu'il dirait que c'est un malentendu.

– Pourquoi tu ne me l'as pas dit ?

– Ma chérie, j'ai bien peur que sire Olivier et moi ne nous soyons pas quittés en bons termes.

Je sursaute en entendant le nom du roi. Olivier. L'homme qui habite avec Ben et sa famille porte le même. Est-il vraiment possible que le roi se cache devant la cheminée de Ben ? Ça expliquerait son air désolé quand il a évoqué le triste destin de la famille royale.

Mon cœur se serre un peu. Ben ne me fait pas assez confiance pour me révéler la véritable identité d'Olivier.

Mais comment aurais-je pu être assez proche du roi pour qu'il me montre des roses dans le jardin du palais ? Peut-être que papa a raison ; c'est juste que mon cerveau me joue des tours cruels.

– Nous n'étions pas d'accord au sujet de l'affaire avec le sorcier et je lui ai peut-être dit des choses déplaisantes.

Papa passe une main dans ses cheveux argentés.

– Je n'en suis pas fier, et c'est pour ça que je ne mets plus les pieds à Bryre. Voilà pourquoi je ne t'en ai pas parlé. Tu poses tant de questions que je ne pouvais guère te dire que je connais le roi sans t'expliquer pourquoi on ne travaille pas au coude à coude.

Je prends la main de papa.

– Je comprends. Mais je suis sûre que si tu allais simplement parler à sire Olivier, il te pardonnerait. Nous pourrions accomplir bien plus de choses tous ensemble.

Il lâche ma main.

– C'est hors de question. Tu ne te rends pas compte de ce que tu suggères.

Je me rappelle le visage bienveillant de sire Olivier, à la fois chaleureux comme celui de Ben et ridé comme celui de papa. Je sais très bien ce que je suggère.

– Pourquoi ? Il souhaitait une chose que tu ne voulais pas ? Ou est-ce que c'était le contraire ?

– Je ne veux plus en parler. Il y a autre chose qui te turlupine ?

Le visage de papa, livide, se durcit. Sa dispute avec le roi a dû être bien grave pour que mes petites questions de rien du tout le mettent dans tous ses états.

Je rougis.

– Oui, papa.

Il y a tant de choses qui me turlupinent que j'ai du mal à trouver les mots.

Il grogne et s'adosse contre le fond de son fauteuil, les bras croisés.

– Quelquefois, les gens parlent de magie.

J'hésite. C'est ça qui me perturbe le plus.

– Il paraît qu'on ne peut pas tuer le sorcier si on veut rester en vie. Que quiconque le tuera sera brûlé par la magie ainsi libérée. À moins d'être un dragon ou un autre sorcier.

Je me tords les mains sur ma jupe.

– ... Mais comment est-ce possible ? Ne m'as-tu pas créée pour l'éliminer ? Ça a toujours été notre plan, non ?

Papa tend à nouveau la main pour me toucher le visage, et passe le pouce sur mon menton. Une vague de paix m'envahit.

– Oh, Louna, je n'ai jamais voulu que tu élimines le sorcier. Je n'ai pas encore trouvé de moyen sans danger de le faire. Je t'ai créée pour l'empêcher de nuire. Il y a une différence. C'est en libérant ces filles et en les éloignant de lui qu'on neutralisera le sorcier.

Le soulagement m'assaille. Je n'ai pas besoin de m'inquiéter. Papa me dit toujours la vérité. Tout est tellement plus clair maintenant.

Sauf que papa semble aussi troublé que moi il y a quelques minutes. Je presse sa main dans la mienne tout en la détachant de mon visage.

– Tu es sûr qu'il n'y a plus de dragons comme ceux de mes livres ?

– Oui, c'est fini. Les sorciers les ont tous chassés pour leur magie. On entend des rumeurs de temps en temps, mais de nos jours, c'est tout ce qu'il reste d'eux. Pourquoi me poses-tu cette question ?

Mes épaules et mon cou s'échauffent, comme chaque fois que j'ai ces mots sur le bout de la langue. Je n'ai pas le choix, je dois garder l'existence de Batou secrète.

– Juste comme ça. Je m'interrogeais. J'aimerais tellement rencontrer un dragon. Il n'y en a pas beaucoup et moi, je suis d'une espèce encore plus rare.

Papa écarte mes cheveux de mon visage. Pendant ce temps, je me triture les ongles. Si je le regarde dans les yeux, il saura que je lui cache quelque chose.

– Ça fait juste de toi quelqu'un de spécial, dit-il.

– Quelquefois, j'aimerais bien être un peu moins spéciale.

Quelquefois, je voudrais être encore la fille que j'ai été. Normale, aimée de ses amis et de sa famille, et pas cette créature qui se cache dans la forêt et qui s'introduit en ville la nuit, en cachette. En même temps, je suis si heureuse de pouvoir aider ces filles, d'autant que personne n'a pu aider celle que j'étais avant.

Il m'examine avec les sourcils froncés.

– Ma chérie, je pense qu'on devrait fixer de nouvelles règles pour tes visites en ville. Si tu entends dire tant de choses, si tu as tellement envie de te mêler aux humains, c'est certainement que tu t'éloignes de l'itinéraire que j'ai tracé pour toi. Et qui n'est pas censé t'amener près des cafés ou autres lieux où on peut écouter de grands groupes de gens.

Il pointe le doigt vers moi.

– Tu es allée explorer Bryre toute seule.

Je rougis du haut du crâne jusqu'à la queue et je regarde fixement par terre.

– Oui, papa. C'est vrai.

Il se lève de son fauteuil, tremblant de colère contenue.

– Il faut arrêter immédiatement. Compris ?

J'acquiesce, incapable d'affronter son regard. Le martèlement dans ma poitrine résonne à mes oreilles.

Il me reprend le menton et lève ma tête pour me forcer à le regarder en face. Je tressaille.

– Tu es sûre ? Si les humains apprennent ton existence, ça va tout gâcher.

Cette remarque m'envoie des picotements glacés dans le dos. Sait-il ce que j'ai fait en réalité ? Est-ce possible ?

– Réponds-moi !

La fureur dans sa voix me fait sursauter sur mon fauteuil, honteuse et terrifiée.

– Oui, oui, je comprends. Je ne recommencerai pas. Je te le promets. Je suivrai tes indications à la lettre.

Les mains sur les genoux, j'entremêle mes doigts pour que papa ne voie pas que je tremble.

– Tu as intérêt. Sinon, tu signerais l'arrêt de mort de toutes les filles de la prison jusqu'à la dernière. Sans parler de toi.

Il sort de la maison en trombe sans me laisser le temps de bredouiller des excuses.

Si je tiens la promesse que je viens de faire, ça veut dire que je ne peux aller nulle part avec Ben. Sauf à la fontaine. Elle est sur l'itinéraire de papa. Je ne pourrai voir Ben que là-bas.

En me levant de mon fauteuil, je prends mon visage entre mes mains. Je ne devrais pas voir Ben du tout. Mais je le verrai quand même. Je ne peux pas m'en empêcher.

Je cours à la porte pour regarder la silhouette de papa, qui s'éloigne à grands pas furibonds vers la tour et son laboratoire. Malgré moi, je me demande si j'ai déjà tout gâché avec ce que j'ai fait. Pourquoi a-t-il fallu que je dévie de ma route et que je m'intéresse à Ben ?

Mais ce qui m'inquiète le plus, c'est qu'il y a trop de choses qui ne tiennent pas debout. Et si papa se trompait ? Sur les humains, sur moi et sur mes souvenirs ?

▪ 53ᴱ JOUR

Entre mes visions, ce que Ben et Olivier m'ont révélé sur le moyen de tuer les sorciers, et les contradictions dans ce que m'a expliqué papa, j'ai le cerveau sens dessus dessous. Je ne sais plus quoi penser. Peut-être que tout le monde se trompe et que la vérité est quelque part entre les deux ?

Malgré ma promesse à papa, j'entre dans la ville par un autre chemin, cette nuit. Bryre est un lieu tourmenté, et je n'ai pas encore déterré tous ses secrets. Ben m'en a beaucoup dit, mais il ne sait pas tout. Je suis certaine qu'il reste des choses à découvrir qui pourraient nous aider, et peut-être m'aider à me souvenir de mon passé.

Cette partie de la ville n'a pas encore été envahie par la bruyère, mais quand je me pose sur le toit le plus haut de ce quartier, je vois qu'elle s'approche. Lentement mais sûrement, la plante rampante avance. Chaque nuit, j'évalue sa progression et, chaque nuit, je vois avec angoisse que les fondations d'un nouveau bâtiment ont été soulevées, ou qu'une nouvelle pièce du palais est tombée en morceaux.

J'entends des voix portées par le vent. Des femmes. Et aussi des voix d'hommes comme celle de papa.

Mon visage s'échauffe. Le ton monte, j'ai l'impression que ces gens sont en train de se disputer. Les voix viennent d'un long bâtiment trapu situé au bout de la ruelle. Les fenêtres sont plongées dans l'obscurité et le toit s'affaisse par endroits. Je saute de mon perchoir et je m'approche discrètement. Peut-être que le couvre-feu ne s'applique qu'aux enfants ?

Curieuse, je me plaque contre la façade du bâtiment, juste en dessous de la fenêtre.

– Tu ne sais même pas si c'est vrai, fait une voix d'homme. Laisse tomber et va me chercher une autre bière, tu veux ?

Une femme soupire.

– Je le tiens de source sûre – de ma cousine qui est infirmière au pavillon de quarantaine. Chaque matin, quand elle arrive au travail, une nouvelle fille a disparu. Les gardes se réveillent étourdis, sans aucun souvenir de la veille au soir. Ou bien elles meurent, ou bien quelqu'un les enlève. Dans tous les cas, l'hôpital le cache.

– C'est cette bête qui rôde sur les routes, dit un homme, mais ses paroles se brouillent et il est difficile de les distinguer. Cette fille... avec une queue et des crocs... et...

Ses paroles sont accueillies par des ricanements et de l'agitation, mais mon cœur se glace. Le dernier jour de mon entraînement, j'ai piqué un homme. Pourrait-il s'agir de lui ?

– Assieds-toi donc dans ce coin, William, dit la femme. Dors pour oublier ça, mon grand.

D'autres personnes se mettent à parler toutes en même temps, mais je saisis des bribes de leur conversation.

– C'est encore le sorcier, Marta, tu peux en être sûre, dit un troisième homme.

– Eh bien, qu'est-ce que vous allez faire à ce sujet, hein ? Juste le laisser enlever nos filles ? répond la femme.

– Si on le trouvait, on le pendrait pour le laisser en pâture aux corbeaux.

Plusieurs voix d'hommes font écho à ce sentiment puis s'estompent, réduites à des marmonnements.

– Je pense que c'est autre chose, coupe un autre homme. Quand j'étais dans les montagnes pour le travail ces dernières semaines, les gens du village de la vallée ont mentionné des hommes qui font commerce de marchandise vivante.

– De quoi tu parles ? grogne la femme.

– De marchandise humaine, dit l'homme.

Le silence se fait dans la pièce.

De marchandise humaine ? Qu'est-ce que c'est que ça ?

– Des esclaves ? murmure finalement la femme.

– Exactement. C'est différent, cette fois. Pas comme ce que le sorcier a fait avant. Quelque chose a changé. Des marchands, je suis prêt à parier là-dessus. Et je parie qu'ils vivent parmi nous.

– Écoute, Jérémie, c'est ridicule. Personne de chez nous ne ferait une chose pareille. Sauf peut-être Guillaume Schmidt, mais seulement s'il était complètement ivre et avait désespérément besoin d'une pièce. En plus, nous sommes en temps de paix. À qui les vendrait-il ?

Plusieurs voix s'élèvent en même temps, et ça devient un brouhaha incompréhensible. Ne supportant pas d'en entendre davantage, je me bouche les oreilles. Leur conversation m'a mise mal à l'aise. Quelque chose, dans ce qu'ils ont dit, évoque un souvenir qui refuse de revenir à la surface.

Je fuis dans l'ombre. Tout ce que je veux, c'est du réconfort, mais ça ne vient pas.

Le sorcier attaque de tous les côtés. Il va détruire cette ville d'une manière ou d'une autre. Et personne ne peut le tuer, à part un autre sorcier. Du moins personne qui tienne à la vie.

Je ne comprends toujours pas pourquoi papa ne me l'avait pas dit. Il prétend que c'est parce qu'il ne veut pas que je prenne un risque pareil, mais dans ce cas, pourquoi m'a-t-il donné les moyens d'endormir, d'écorcher et de tuer ? Pourquoi m'a-t-il appris à chasser et à être discrète, sinon pour annihiler notre ennemi ?

La brise nocturne forcit, jouant avec ma cape et une boucle de mes cheveux noirs. Ben m'attend près de notre fontaine. Je meurs d'envie d'aller le voir. Mais je ne pense pas le faire ce soir. J'ai l'esprit trop embrouillé et je n'arrive jamais à réfléchir près du garçon qui m'apporte des roses venues du jardin personnel du roi.

Ce soir, je vais délivrer une autre fille et rentrer à la maison. C'est mieux comme ça. Mais juste ce soir.

J'affronte les gardes de la prison plus tôt que d'habitude, et je repars le plus vite possible avec une fille châtain aux boucles désordonnées. Je me fais du souci pour les gardes ; ont-ils des familles, eux aussi ? Sont-ils vraiment disposés à aider le sorcier ? La prison m'a toujours mise mal à l'aise, mais ça s'aggrave. Rien que pénétrer dans le bâtiment me retourne l'estomac dans tous les sens. Il y a dans cet endroit quelque chose qui me titille l'esprit, quelque chose que je devrais savoir, mais que j'ai oublié, et je ne me rappelle même pas pourquoi j'ai cette impression.

Chargée de mon fardeau, je me pose dans une ruelle près de la fontaine aux angelots et je me prépare à courir jusqu'à la maison.

– Qu'est-ce que tu fais ?

La terreur et l'odeur de pain au four me figent sur place. Oh non. Pas Ben. Pas ici, pas maintenant.

Je serre la fille évanouie contre ma poitrine, sans me retourner. Pas question qu'il me voie ainsi. En pleine déroute, je ne sais plus à quel instinct obéir : je m'envole ou je le pique avant qu'il ne découvre ce que je suis ? S'il savait que j'ai enlevé Délia, Ben me haïrait. Et s'il voit ce que j'ai dans les bras, il pourrait tout à fait le supposer. J'ai fait ça pour la sauver, mais elle lui manque tant que je doute qu'il le comprenne.

Sans me laisser le temps de prendre une décision, il choisit à ma place. Il me contourne ; si je bougeais à nouveau, je ne ferais que me trahir.

– Qu'est-ce que… ?

Il s'interrompt au milieu de sa phrase, les yeux écarquillés, quand il voit les cheveux de la fille qui dépassent de ma cape. J'imagine sans peine tout ce qui doit lui passer par la tête.

– Ce n'est pas ce que tu crois ! je couine.

Chaque muscle de mon corps est tendu comme un arc. Je devrais fuir. Maintenant.

Il ouvre ma cape, dévoilant le visage de la fille, et recule d'un bond en frissonnant. Une expression horrifiée se peint sur son visage chaleureux, qui prend un air glacial.

– Qu'est-ce que tu fais avec la fille du meunier, bon sang ?

Mes joues s'empourprent et je serre la fille plus fort. Bien sûr qu'il la connaît. Il les connaît probablement toutes.

De même qu'il me connaissait sans doute, moi aussi.

– Je te le jure sur ma vie, ce n'est pas ce que tu crois.

Il me montre du doigt.

– Toi. Tu travailles pour le sorcier.

– Non ! je m'écrie. Je hais le sorcier. Il m'a tout pris. Je suis contre lui. Je suis en train de la sauver !

Ben secoue la tête et fait les cent pas entre les façades de la ruelle, la respiration entrecoupée.

– Non, il n'y a que le sorcier qui enlève les filles.

Glacée, je me fige. Je n'ai rien en commun avec le sorcier. Comment Ben peut-il penser une chose pareille ?

– Ben, je t'en prie.

Lorsqu'il le comprend, il devient rouge de fureur.

– Tu as enlevé Délia, souffle-t-il.

Je ne peux pas lui répondre. C'est vrai que je l'ai enlevée, mais pas de la façon qu'il imagine. Cette affreuse sensation de froid s'insinue dans ma poitrine et s'enroule autour de mon cœur. Je suis coincée. Impossible de tout lui expliquer sans trahir papa.

Il me prend par le bras et le serre de toutes ses forces.

– Où est-elle ?

J'essaie de me dégager, mais il est plus fort que je ne le pensais. Une lueur effrayante brûle dans ses yeux. Mon bras commence à me faire mal. Tandis que la terreur m'assaille, je suis prise de tremblements incontrôlables.

– Je lui ai sauvé la vie, dis-je. Et je suis également en train de sauver cette fille. Maintenant, lâche-moi.

Quand il libère mon bras et bondit vers la fille, les écailles vertes de ma queue se déploient dans un arc aveuglant. Il recule en chancelant, son gentil visage déformé par la peur et la haine. Pendant un instant, son odeur habituelle se transforme en odeur de pain brûlé. Puis voilà que Ben est par terre et se tient la poitrine. Horrifiée par ce que j'ai fait – une fois de plus –, je ne peux que le dévisager avec des yeux écarquillés tandis que le feu de son regard s'éteint.

Des pas et des voix résonnent à l'autre bout de la ruelle. Quelqu'un a entendu notre dispute.

Je saute sur les toits et je rampe jusqu'au mur d'enceinte, d'où je peux m'envoler sans craindre d'être vue par des humains.

Mais je suis poursuivie jusqu'à la maison par la honte d'avoir attaqué Ben et l'impression inquiétante que *quelque chose ne tourne pas rond.*